开门见山

中国好诗

第六季

慕白 著

天津出版传媒集团
百花文艺出版社

慕白，又名王国侧，1973出生，首都师范大学2014年度驻校诗人。参加《诗刊》社第26届青春诗会，曾获《十月》诗歌奖、红高粱诗歌奖、华文青年诗人奖、浙江省优秀文学作品奖等。作品入选多种年选，著有诗集《行者》等。现居文成。

黑夜山水与纸上证词

——关于慕白的诗歌空间

◎ 霍俊明

2019年我曾经和慕白远足雁荡山深处的一个山村。说是远足，实则是借助交通工具出城然后沿着山路缓慢爬升、盘桓数个小时，“高速一路畅通 / 古今一日游”（《去天水》）。

1.

一双旅游鞋和一只背包以及旅游见闻的地理解说词显得如此轻浮和虚妄。在交通已经如此便利的时代，当再一次站在熟悉或陌生的自然与山水面前，我们还是感受到扑面而来的原生气息、陌生感以及不可知力量的裹挟。那是生命与空间的原初意义上的精神叩访，尽管在这个时代“山水”“远方”已经发生裂变且已经被烂俗化了。

翻看慕白最新的这部诗集《开门见山》，我们看到的是一个一直在路上“出游”和“过客”状态的诗人。这令人自然想到《五灯会元》中禅师所说的“见山只是山”“见山不是山”和“见山仍是山”的三重视界。

其中一部分诗作的题目甚至更像是古诗的翻新版，比如我们所熟知的致友诗、应和诗、送别诗、记游诗以及怀古诗，不断强化了时间和空间背景，而诗歌的空间背景基本都是在山水之间。于这些纸上山水，我们遇到了一个频频“登山”“临水”“夜游”“宿醉”“送别”“怀友”“物伤”的人，我们恍惚会觉得慕白是一个生活在当下的古人。由此，我们不得不正视慕白诗歌的空间及其精神构造、心理动因。

诗歌不仅直接生发于个体的存在感知，而且还不可避免地在一个个空间里发生。这一个个空间和位置不仅是诗人存在和感知的对应，而且在特殊的时代转折点上这些空间还带有了文化性、地域性、象征性和寓言性。这些自然和精神交互的空间不仅关涉到个体和当下，又必然指向了过往和历史。多元维度的时空体结构以及各自携带的风物在慕白这里得以反复地磋商和诘问。

空间已经被时间化和生命化了，空间由此成为了精神共时体，它既打通了个体的精神视域又具备唤醒旁人的召唤结构。正如慕白所说："纸上人生，诗亦如命。"诗歌是精神共时体，"此时""此地"与"彼时""彼地"是贯通的，个人之物、空间之物、现实之物以及历史之物是贯通的，至于故乡、乡愁以及无家可归感也正在越来越多地成为空间结构中不可或缺的部分。

2.

如果将慕白诗歌中的这些空间背景串联起来的话，我们将会看到一个诗人的行走范围和精神版图，由一个个具体的地标，我们不只是看到了一个诗人的行迹，而且目睹了一个诗人的乡野血脉、山水胎记以及精神漫游。

对于慕白这样一个"行者诗人"而言，一个诗人的取景框和世界观决定了他诗歌中的事物构成。在一个全面城市化的时代，我们的诗人是否还拥有精神和理想意义上的"远方"和"自然山水"呢？苏轼一句"及至到来无一事，庐山烟雨浙江潮"是否化解了那一颗颗沾染过多尘霾和荆棘的俗世之心？人类自然山水的童年期已经结束，这个时代不再可能有徐霞客这样的行者和"游吟诗人"，这并不是说这个时代缺少行走的人，而是缺少具备地方性知识和精神发现能力的诗人。

毫无疑问，寄情自然的徐霞客时代和自然乌托邦社会早一去不复返了，这不只是在中国如此，世界范围都发生了大致相同的情形。神奇的魔毯已经不存在了，因为陌生之地已经被扁平世界整体取消，“一百年前，一般人由于不熟悉地球偏远地区的情况，便悄悄地贬低它们，把它们归入传奇的王国，至少是当成异国情调的事物。然而，在今天，他们觉得他们获得各种手段，可以同时拥抱全球各个地方和各种事件。”（米沃什：《墙上的影子》）但是，又偏偏会有时代的异端者和“旧式人物”站出来并行走于山水和旷野，那是灵魂和记忆的最后凭依和乌托邦。

慕白可以被视为“自然诗人”“山水诗人”“行吟诗人”或“抒情诗人”，但不再是传统意义上的，因为在精神词源和空间视域已经发生了根本性变化。词语的边界和空间的边界是互相打开的，这需要的是一个诗人的精神能力、求真意志以及襟怀、视野，这更多转换为“山水之心”“山水课”“山水教育”“山水宗教”……

在这个高速运转的时代，不解、困惑、分裂与踌躇接踵而至，慕白借助纸上山水提供了一页页的精神证词。这是一种典型的梦想诗学和山水“乌托邦”，但无论是在现实还是在写作中，世界主义轰响的巨轮已经无处不在了，原有的空间秩序和时间结构都被彻底击碎，徒有剩山剩水和旧山水……这让我想到了黄宾虹晚年的“黑山水”。中国绘画和田园诗往往都是将田园和山水置于春和景明之中，置于“白天”和可见之中，但是对于那些黑夜中的山水和田园，尤其是对于空间已经发生了巨大裂变的山水却视为不见或者无力去呈现。对于黄宾虹而言，“黑山水”是他“蜀山夜色”的记忆和“衰年变法”，而对于慕白来说“黑夜山水”则是精神见证和记忆的安魂曲。

这是心理清洗和精神追挽之诗，这些诗不仅包含了纯粹、自足的精神愿景，而且还必须容纳此时代的“杂物”和现实“异质物”，反之诗歌将沦丧为空洞、过时和失效的“遣兴”——

> 姑苏是一个名词，科技是一个名词 / 在今天的苏州城北，我只是一个代词 / 是一声乌啼，往南的列车就是我的铁马 / 今夜，我一个人被高铁抛弃，留滞在车站 / 太湖水美可采莲，网络时代，百度不到舟楫 / 这里不是唐朝，今夜没有客船，回不去姑苏 / 我也不是张继，在科技城，你听不到钟声 / 暮色四合，我，第一人称，一个过客 / 有些风，有些月，有无线Wi-Fi。（《夜饮苏州科技城》）

古今杂糅的词语和现代空间发生了频繁碰撞，这是同时展开的“个体乌托邦”的纯粹与“现实及物化”的不纯之间的混合，是自我和他者、一体和异质的混合，是人气、地气、山气、天气与时代大气候的复杂混合。

3.

“包山底”是慕白的记忆起点和精神支撑，如果这个空间坍塌的话，那么写作就谈不上什么意义和功能了。慕白一次次自建纸上山水，而“包山底”这一方寸之地却是他整个世界观的中心或精神压舱石——

每个人都是自己的国王
我的心有自由的权利，我富可敌国
我是包山底的王，唯一的合法的君主
包山底其实很小很小，小如一粒尘埃
包山底又很大很大，大过整个宇宙

包山底四周皆山，海拔 601 米
全村共 565 人，今年死去 3 人
叶春花，王孔知，王邦梅，出生 5 人
水田 208 亩，山地 5012 亩
村口种有水稻和红薯，屋后栽茶树
养有鸡和鸭分别 307 只、289 只
猪 102 头，水牛 7 头，山羊 153 只
猫 5 只，狗 10 条，狗认生
远远看见汽车就狂叫，但不咬人

——《我是包山底的国王》

这一不厌其烦地对“邮票”般大小的“包山底”的深度描述正是不断放大精神视线的过程，也是空间记忆不断停顿和延长的结果。“邮票般大小的村子”自然让我们想到的是威廉·福克纳在他的小说和散文中反复虚构的那个密西西比州的“约克纳帕塔法世系”和“约克纳帕塔法神话”，这再次说明了虚构和想象的真实比现实世界更真实。这个虚构的地点成为一个作家的精神原点，“是什么地方关系不大，只要你能记住它也不为这个地方感到羞愧就行了。因为，有一个地方作为起点是极其重要的”。（福克纳：《记舍伍德·安德森》）

慕白呈现给我们的诗歌空间和精神地理既是匆促的又是凝视的，既是欣喜的又是痛苦的，因为空间变了、故乡变了、世界变了，随之世界观也变了，“空山有霾，包山底的小溪不见了 / 飞云江新修了水库，人是物非 / 我的灵魂受污，不知何处可以涤荡”。（《与芷父夜游长江兼致屈原书》）高速推进的城市化通过一个个密集而又高速的航线、高铁、城铁、动车、高速公路、国家公路正在消解“地方”的差异性。拆除法则以及同质化的地方经验使得没有“远方”的时代正在来临。当年著名的作家诺贝尔文学奖获得者索尔·贝娄说，过去的人死在亲人怀里，现在的人死在高速公路上。这正在成为全球化的事实。我们所经历的只是机械化、平面化地从一个地点被快速地搬运到另一个地点，而这些地点已经没有太大的个体体验以及文化地理学层面的差别。与此同时，各种现代化的运输工具又使得诗人的行走能力以及精神能力空前降低和萎缩。

在水岸，在山头，在郊野，自然之风的吹拂未能缓解一个时时张望的诗人内心的焦虑与尴尬。正因为每一个人都不可能回到过去时的“山水乌托邦”，每个人又不能对当代生活视而不见或避而不答，而每个人也不可能超越当下而抵达未来，所以必然要在这两个甚至多个方向的精神拉扯中进行选择、过滤和定位式的“自我确认”，“农耕的现实主义与工业的现代主义 / 左手与右手下棋，一个人的博弈，胜负难分 / 最好的结果，冰释前嫌，彼此握手言欢”。（《龙游吟》）类似于左右互博的游戏你如何应对？二者真的能和解吗？由此，慕白不断将诗歌的视点投注在山水之间以及精神空间。

在自然之物那里不断敲打的是一个诗人并不安宁的内心。在每每言及这些自然之物的时候，慕白一直处于大大小小的纠结之中。当城市化的背景、现代性的拆迁工具和蛙声、月光以及山水共时拼贴和呈现在一起的时候，它们打开的是吊诡的“装置艺术”。而蛙声、月光、植物和山水作为“新时代”的“旧事物”，更像是一个个被强行打破的碎片。不可避免的，它们也带有了文化、情怀上的迟暮之感与衰败之叹。

4.

这是一个在二十一世纪的城市年代里拖着乡愁、河流和山川以及自然根系“回家”的人，“沿着溪流，看见脚边一只蜗牛在爬呀爬 / 身后也拖着一条自己的河流”（《登莲花尖》）。这一回溯式的反方向的过程注定是异常艰难的，但是这一精神证词和自我清洗式的诗歌写作方式无疑是重要的。由慕白笔下这只小小的蜗牛，我想到了当年多多在异国黑夜里所写下的诗句：“秋雨过后 / 那爬满蜗牛的屋顶 / ——我的祖国 / 从阿姆斯特丹的河上，缓缓驶过……”（《阿姆斯特丹的河流》）当这两只“蜗牛”分别出现在不同诗人的文本中，这就具有了共时性的戏剧化效果。慕白的那只往回爬的“蜗牛”是滞重、迟缓的，诗人类同于蜗牛必须具备更大的载重承受力。在当下的时代语境下这一沉暗背景中的“蜗牛”也在拉扯着每一个人的神经，它使你在放慢脚步的时候审慎地掂量诗人共同的精神来处和当下命运。

频频回望产生的必然是拉扯式的情感体验。这就更需要诗人通过精神载力来予以自我确认、辨认。在恍惚、分裂的景观面前，在焦虑、不宁的现代性心理时间面前，诗人从未如此急迫地寻求和叩访精神可寄托之物，“很晚的时候，风从我的房子吹过 / 玫瑰色的黎明 / 风没有留下一丝尘香 / 我觉得，有一座房子

是我的 / 我将在它门口坐得很晚”。（《我觉得，有一座房子是我的》）“我觉得”与“有一座房子是我的”恰恰构成了紧张的、不稳定的否定关系，这产生的必然是现代人普遍存在的“我来过——我离开”的难以安居的动荡、焦虑和虚空。诗人在时代断裂处目睹了一条深不见底的沟壑，“少带旧家具，多带新思想 / 道理虽浅，已经成章。墙上无名者的照片 / 有如向日葵，每个人都还长着前世的面容 / 一一活在贺城，狮城的农耕史上”。（《千岛湖水祭》）“新景观”与“旧情怀”之间形成了紧张的盘诘关系，这种尴尬和错位、混搭所催生出来的正是一种“乡愁化”的写作。这种“乡愁”与以往一般意义上的“乡土乡愁”具有差性，而更多是“逆旅”“过客”“羁愁”般的生活常态、经验状态和精神胎记，“今夜从外面喝酒回来已是午夜 / 借着昏暗的星光，我掏出一张卡，想打开房门 / 门，稳如泰山，坚硬如磐，怎么也不能打开 / 我使劲推，用手拍，用脚踹，用肩顶 / 我的举动，惊动了保安。他检查了我的身份后 / 才发现，我闹了笑话，拿错了卡 / 我手中的是一张外省的、包山底的身份证”。（《酒后》）

慕白持有的是一颗并不轻松的自然之心、山水之心、故乡之心和赤子之心，他的诗歌所体现出来的精神世界和行走能力更具有时代寓言的效果。而当我们逐渐成为空间和记忆的陌生人的时候，《顽石赋》《龙游吟》《大江东去》《跨湖桥考古录》《我出生在一个叫包山底的地方》《兰溪送马叙至乐清》《与芷父夜游长江兼致屈原书》等诗歌就承担了安慰剂的功能和精神证词般的效果。

慕白是身不由己的精神山水的游荡者，他是“父母双亡”的一个小县城的土著，也是“来路不明”“无家可归”的“外乡人”。他能够做到的就是在山水风物面前给我们的整体生存境遇提供一份精神证词。我们终于可以说出：纸上山水是一个当代诗人的精神底线。

2020年4月26日初稿，5月10日改定

目录 | 第一辑　海边书

第二辑　日月山

第三辑　安魂曲

第四辑　你是庙

第一辑

海边书

001—050

与芷父夜游长江兼致屈原书

三闾大夫，我喜欢喝酒，但酒量越来越差
“情多最恨花无语”，不是哭了，就是醉了
四十多年来，我连自己都喝不过

大夫，我依然在小县城当公务员
文成古属越国，现归温州市
还在中国。但我的父母双亡，我的荷包羞涩
我很少会失眠，偶尔才忧国忧民
“去终古之所居”，溪山颓废
空中有霾，包山底的小溪不见了
飞云江新修了水库，人是物非
我的灵魂受污，不知何处可以涤荡

你千古忠贞千古仰，一生清醒一生忧
我也爱祖国，爱家乡，爱自己，爱香草美人
大江流日夜，你投江后，两千年来
宗祠三迁，你始魂有居所
年年端午节，我们赛龙舟，挂香囊
吃粽子，煮咸鸭蛋，写诗，祭奠亡灵
艾叶，菖蒲这些美的兰草都被挂在市场
并标价出售，过着颠沛流离的一生

醉生就梦死，活着真是意外
无边人世，故乡日远，今夜游长江
佷山夷水，一个闲人在他乡
我想草草打发一生，奈何浮名浮利
虚苦劳神，我在一壶酒中
用诗歌与余生交欢，蝇营狗苟
有酒学仙，无酒学佛，空江自流
我问苍天，今夜水归何处，人生碌碌
生活勾兑一万吨长江水，人情反复
几度沉浮，我已不敢诗酒猖狂，青山依旧在
不管有花无花，我都不再愤世嫉俗
市声如潮，我臣服在钢筋水泥中
随大波逐小流，我不爱江山
我只爱美人，“一醉不知三日事”
就像我写下的诗，总是南辕北辙
词不达意，我曾经目睹过许多事物的真相
但我不敢说出来，我就是我自己的佞臣
我喉咙的葛洲坝，挡住滚滚长江东逝水
我在纸上流放

4月24日深夜，温州，送叶坪

小南路在下雨，塘河右岸的午夜
车水马龙，这里是温州，我们都在别处
行人和车辆匆匆忙忙，独立街头
只有你，一个糟糕透顶的老头
还学着古人，醉卧红尘

你家隔壁的玉清池，歌声暧昧
霓虹灯闪烁，足浴店的广告词充满诱惑
唐朝已成为过去，今夜的温州街头
只有你和我的灵魂，无家可归
在暮色之中苦苦等着，渴望被救赎

人生七十古来稀，梦里去吃酒
东海渔村早已不适垂钓，人生如寄
醉歌似白发，瓯江烟波浩渺，柳色新绿
先生啊，古调虽自爱，今人多不弹
明天酒醒之后，不如爬爬大罗山
嬉嬉江心屿，走走逛逛五马街

黄河颂

——与叶舟、张执浩、臧棣夜饮

我去黄河不是想洗清自己
我先喝白酒再啤酒，不是要金盆洗手
我吃牛肉拉面，穿过半个兰州城
在黄河岸边夜饮，看尘世中浮沉
叶舟、张执浩、臧棣，我不打诳语
三位兄长呀，只要有酒，天下都可以为家
今夜不醉不归，到了黄河，我现出原形
露了马脚，我的心依然不死

黄河之水天上来，不舍昼夜
昆仑山下水，任他流东西
静听风声拍岸，黄河泥沙俱下
举杯望月，人生谁能自信不染一粒尘埃
看不见的暗潮才是真正的威胁
有酒多好呀，我明天就要去甘南了
临风酹月，黄河浩荡，趁夜色未阑
臧棣已醉，来来来，让我再干三百杯
满上，满上。一百杯敬您，一百杯敬张执浩
第三百杯就敬这不死的老黄河

会呼吸的痛

——兼致李南

在贵州遇到枫树，芦苇
槭树，石楠，黄金菊，芭蕉
傍晚的青山如洗，溪流潺潺
此地安静，有些与世无争的味道
我不知道这些草木要积攒了
多少的眼泪和沧桑
才能开出红黄蓝，三原色的花

凡是花都会凋谢，草木无愁
生而不易，每个生命都值得尊重
写诗也是会呼吸的痛
但诗歌无用，昨晚喝了几盅白酒
我又开始失眠，胡思乱想
躺在双河客栈的床上辗转反侧
诗人多么无力呀
无论是在哪里，不管床有多辽阔
灵魂总比肉体难以入睡

大家都是过客，谁都不会永生
我不忍写的证词，是雨果的宿命
巴黎圣母院意外失火
人类八百年的痴心化为乌有

双河客栈在夜郎古国
似乎没有听到什么春雨声
客栈外的本土芭蕉
和我一样活着，植物的境遇
在黔之北，一生没有离开
一年又一年，风雨洗礼
沉默，宁静，内敛，卑微
仰望头顶的星辰，恪守自己的底线

寄杨方书

我们都是来历不明的人
明天会在金华，或是温州
谁都没有把握

窗外桂花奢侈
时令恰是重阳节
我今天没有去登积道山
黄大仙也不能起死回生
我知道，经过了生离死别
如今我的父母双亡，我已无家可归
我再也登不上青春和欢乐的时光

秋夜怀想一个人，知道你在永康
其实你在哪里，即使远在新疆
都没有实质上的意义
每个人都回不去

九月节，日瘦，草露寒霜
我们怕冷，应添衣，驱风祛寒
冬季即将到来，谨防寒邪所伤
亲人死了，我们还要活下去
要走的路很长，命运苦难
所谓活着，就有许多日子等着虚度

将进酒

——与蓝野、唐力、芷父诸兄在茅台镇

酒里有各种精灵，我们不能逗留太久
不要道晚安。向酒倾诉心事
不合时宜，秋风像颤音的花腔
大家都是失败者，我怕黑暗，怕幽深
我还怕酒后爱上酒，这空荡的异乡
我更怕爱上你，隔壁卖酒的姑娘
没有月光，太阳和雪都会匿藏
我一直是夜色的影子。寂寞百年
我们都是候鸟，来自南北
醒来就分开，但不知道明天该去哪里
瓶中只剩小半杯酒，酒铺的灯光摇曳
酒是情人，酒是安魂的村落
在酒中，饮者都寂寞，我记得那一瞬
酒是我的家，酒是我的天涯
你可以叫我酒先生，天亮之前
每个人都应有许多的时间，陪星星喝醉
酒是仇人，酒是一柄剑，酒见血封喉
酒是五毒教，酒是美女蛇
三杯下肚，我仰天长啸，我歌我舞
投壶、射虎。千古兴亡，醉里乾坤大
举杯在手，我气贯长虹，再过三巡
管他多少事？酒桌无敌友，酒品即人品

三分痴七分醉，天下英雄谁敌手？
在夜里喝酒，四野空空，雨过河源
今夜已无故人来，山色暗淡
风卷残云，再好的酒也不醉人
游子意，故人情，千杯少
独自喝酒，是一件相当危险的事情
我始终看不见自己的南山，请干了杯中酒
然后像身后的赤水一样，明日隔山岳
各奔东西，从此是路人

海边书

我闲居已久
整日无所事事
如果你也有空
请来跟我一起去海边走走

酒只够两个人喝，人多了不行
明月还剩许多，只管拿去，只是天
在海边黑得越来越早了

我不是来度假的
我对孤独深度过敏
一风吹草动，我都深感不安
房门没有上锁，你推进去就是

昨夜桃花盛开，醒来发现又是在做梦
大家都很匆忙，谁也赶不上过去
人生有如候鸟，爱自己就是爱他人

我懒得出门，已无天命之忧
没有那么多为什么，写诗是无用的
我从没有过逐鹿中原的野心
我只珍惜眼前，我爱的和爱我的人
我和海水不一样，爱就深爱

李家山

——有寄

一

一个村庄就是一座山
一座大山
一座压在人身上的山
这个地方的人
一出生，就体会了路的崎岖和不平

二

山的前面有一条河
叫黄河，它泥沙俱下
土里土气
看着近，走着远

三

黄河流经万里千年
也洗不去黄土高坡的影子
和灵魂深处的苦

四

人也活在山身上
脱不开，因为它又名叫故乡

五

一个村庄，紧跟着你
背又背不动，摔也摔不下
晴天扬尘，雨天泥泞

六

举步维艰的影子
这几口倾圮的窑洞
留在时间里，它的坍塌处
是一代人记忆的全部童年

七

独自开放
飘零，无主
这是一个暮春的下午
苦和旱，都得忍着

八

黄土高坡让人心慌慌
苍凉来自体内
乡关何处，任何人都记不住
也从未有人会怜惜
对面坡上野桃子花的寂寞

九

树长千尺根在地下
记忆苦，是苦苦的苦
能挣扎的痛不算痛

十

酸枣子的酸，涩李子的涩
烈日下挑水歇不下脚
寒夜里瑟瑟发抖无衣的冷
信天游的苦
桃花红，杏花白

十一

黄河十年九旱还有一年是洪灾
无眠无休的愁

低到尘埃里的人
没有泪水
哑巴吃黄连说不出口

十二

人间春风浩荡，皆可爱
我不是一个悲观主义者
也不会把异乡认作故乡

十三

诗人不是统治者，对沧桑
对贫瘠，都无权做任何评判

十四

一阵风吹过来，枣树打了个寒战
关心则乱，一棵枯萎的黄蒿
恰好倒在路当中，划过你的脚踝
满目荒凉，爱才是唯一的亮色

十五

几位游人和美院的学生同行
游人眼里是满地的落枣

学生看见一只锦鸡突然地飞起
西财主的院子和东财主的戏台
大门深锁，无从得知里面的故事

十六

道路四通八达
能走的只有一条

十七

窑洞基本都已废弃
还有人用石块
在筑路。“人如羔羊”
一位披着旧羊袄的老人自言自语：
“石头也受伤哩”

十八

仿佛迷途的孩子
他说什么
我一句都听不懂

十九

人去楼空，记忆中

左下拐那两口吃水的井
不见了踪影

二十

天真没那么大
路边那株叫不出名字的树
正开出了小小的花

二十一

世事云烟，李家山
我做梦都害怕被复制

二十二

羊肠小道尽头却找不到
我们刺骨锥心的家
生下我却养不了我的村庄
在我童年种下了苦的种子
生了根发了芽

二十三

打断骨头还连着筋
在他乡，遇到另一个自己

二十四

黄河水日夜不停地流向远方
而李家山，一直留在原地
八百里吕梁山高水长
流走和留下的都是无奈

二十五

触手可及的风，万水千山走过
吃榆钱钱和面，苦菜菜也开花
黄河岸边出生的汉子
苦中作乐才能活下来

二十六

年年寒食回家烧香纸的是
李家山走出来一个并不姓李的
苦娃娃，流放三千里，永不会嫌娘的丑
无处立命安身，也从不怨天尤人
这就是黄河的根，黄河的魂

肇岳山

——给武强华

湿地公园往前走
就是肇岳山
山是人工垒成的
雪覆盖着大地
有点苍茫，天很冷
我们的脚印在雪地上
很浅，不知道能否留到明天
后来者，阳光，风雪
很快超过我们
山路有点滑，芦花上有冰
我们爬上山巅，在高处往东看
松花江在山脚拐了个弯
不知所终，一座俄式教堂
站在那里，没有祈祷声

下山的路上，我们更加小心
如履薄冰，走好每一步
就像我们上山一样
没有自己，也没有他人

东山书院

我的多情，难令远方的你陶醉
一两声狗叫，惊动了路边的青蛙
梧桐树下有猫在参禅

山居看电影，有新知，有旧识
我们爱世界，也爱自己
此地不在会稽，古属东瓯
奏流水，无丝竹管弦，瓯江潺潺
下午登茶山，云销雨霁

大罗山之夜，时维初夏，杨梅红了
有高朋马叙、欧阳江河、谷禾
毛子、李元胜、聂权、江离
饶翔、虞金星、严彬……
胜友李南、杨碧薇、戴潍娜
王秀云、池凌云、周吉敏

上有天，下有地，一间旧木屋
这群来自南北西东的人
心可留，身也可留，风吟虫鸣
自娱自乐，有人躺着，有人坐着

有人打鼾，有人玩手机
都放浪形骸，都无拘无束

迷人的乡村，以诗歌的名义
一次雅集，暂离世事
我心即桃源，何处不是水云间
岁在戊戌，时四月十九日

暮春义乌江别芷父

鸡毛换糖，从一根白发开始
我的河床日益堵塞，泥沙俱下
兰溪埠头，萧山哺头，义乌拳头
三头加六臂，我也没有学会规划自己
请看今日义乌江，青春逝如东流
世事如商道，我的溪山失控，洪灾泛滥
流水穿城而过，徐登早亡，禁水术失传
竹篮打水，我的人生漏洞百出
谁会监管我的未来，檄文讳莫如深
十年江南，十年江北，破败摧枯拉朽
我左冲右突，冲不出宿命的重围
江河日下，江山不容留豺狼，泥船渡河
我有心杀贼，但命运荡荡悠悠
有如拨浪鼓，五尺贱命，一抔黄土
试问这残山剩水，竟是谁家之天下
仰天长啸，我，我，我……
如梗在喉咙里，我的脖子伸出再长
我的歌声始终不如一只鹅

九月九日忆山东兄弟

齐鲁多豪客，山东酒醉人
你在济南，威海，青岛，沂蒙，或者
新疆，青海，也许你到了北京，他去了上海
更远的可能生活在海南……江非
路也，燎原，俊国，邰筐，夫刚，东涯
北野，陈亮，阿华，瓦刀，蓝野……
历下多名士，兄弟，原谅我不能把
你们的住宅和名字一个个例举

任他美酒，十千一斗，饮竭仍解金貂贳
我们不是梁山好汉
也没有山头可以聚义
半梦半醒之间，兄弟
我喧宾夺主，按你们的规矩
先敬三杯，三碗不过岗
大葱，孔子，泰山，稼轩，荣成
蓬莱，李清照，梁山，大明湖
这些风马牛的人，事物，地方
哪一个不能下酒："把酒与君说"
换成现在的话就是说：山东的兄弟们
恁好景佳辰，怎忍虚设
是不是好汉，哥们都再来一碗

每逢佳节倍思亲
九月九日忆山东兄弟
可今天才是七月初七
到中元还有八天，离中秋还要一个多月
是日子过得慢，还是我又醉了
轩辕轼轲兄，您说呢

赠崔完生

我是一个浪子
我有许多朋友
长年来
我一直在心里自问
这世上
会不会有一个人
相隔三千里
像汪伦当年请李白一样
叫我去看桃花
还请我喝酒

昨夜
你敬我三杯
我回敬一圈
我们只管喝酒
不谈国事
不问世局
会心处
犹如身在魏晋
“三杯通大道
一斗合自然”
我已经记不得

方圆十里是否有桃花
和万家酒楼
只知道
此地古称长安

酒中趣
谁人知
你醉生
我梦死
不愧天
不愧地
杯中有神仙
第二年的春天
酒醒后
你会准时
开车送我去机场
挥挥手
各奔东西
然后
彼此相忘

四月七日遂昌逢刘年

前年镇雄见，去岁在北京，今日遂昌
刘兄，你有一颗帝王的心，骑士的精神
你从湘西到云南，为了生活，南辕北辙
衣袂粘满八千里路云和月，工业时代
诗人何为，八百里加急，魏晋已远
归去来辞，春山易老，生年不足百岁
你退守在一首诗里，笔耕天下，忧国忧民

李杜诗文，死可以生，不负春光
贫寒书生，情不知所起，钱塘江瓯江
江河入海，仙霞岭、九龙山、南尖岩，山川一脉
遂昌不是唐宋，牡丹亭外十里春风
姹紫嫣红，良辰美景形同虚设
理想的距离，文成到北京，野菊花开
这人间苦什么，不过情而已
汤显祖已经死去 400 年，扶犁播种
村庄看不见炊烟，班春劝农成了国遗
人生难得梅开二度，何必为真

南溪就在城里，南山却总在视线之外
人生就是一条小河，走着走着就分了岔
流水都有无形的鞭子，此去经年

戏中人游园惊梦，风吹春水
一往而深。你我真实人生，长亭更短亭
古来圣贤皆寂寞，有酒须尽欢
江山不过是一曲戏
小楼听雨，南柯一梦，流年似水
我只愿在江南与一有情女子厮守终身
为死为生，痛痛快快爱上一回
你且快马加鞭，返回你的京都与烟云

沙柳河

午夜，三宝拿来一瓶青稞酒
说，我们义结金兰
从此是兄弟了

你是弟弟，我是哥
我先敬你三杯

三宝是藏族汉子，刚察人
看着他喝酒，我想起了古老的河流
那些灵魂没有被污染的水

丁酉春过浦江兼致葵儿

浦阳江，衢通八面
自西向东流，龙门山分南北
少女峰，玉立婷婷
人分三六九等，诗有优劣真伪
你我素昧平生，有缘于此
你童真，九岁能诗，通音律
天资聪颖。你入世未深，诗无达诂
是初阳，是春日，是清风
诗艺有高低，天真烂漫
你不装，不作，不饰
你的笑容是阳光，似田园，有牧歌
清泉出幽谷，你的心纯生态

仙华山“奇、险、旷、幽”称誉江南
郑家一门，忠孝仁义，三百年传世
人如江水思明月，不学云浮于天
亲近林壑，坦荡立世，玄鹿山常在
嵩溪水长流，“平、淡、真、诚”
不欺人，不欺心，不欺鬼神
囊萤映雪，这些年，我歌，我哭
找不到还乡的路，与月光对饮
我耽于酒事，杯中养虎，我父母双亡

一个孤儿，流浪多年
我泥沙淤积于心，昨夜借酒还魂
我的灵魂多年失修，污水横流
大江入海，小河也入海，用酒洗心洗肺
老外对酒不肯饮，他不懂越语，不懂吴歌
赋比兴，风雅颂，我思一直很邪
人到中年，空空如也，千年浣江
我的河道日益狭窄，万年上山
我东奔西走，走马灯一样南辕北辙
从包山底到天山，从飞云江到浦阳江
日夜兼程，我的诗歌犹如乱弹
纸上人生，诗亦如命
星星点灯，没有一条江留住我的青春

听诗人莫渡讲那苹果的故事

冯唐易老，李广难封
2016 年秋
诗人莫渡说
他明天早上就要回家
去摘苹果

莫渡是甘肃天水人
天水有麦积山
伏羲庙和南郭寺
有李广和杜甫

莫渡说他家有 500 株苹果树
一株苹果树有 500 斤苹果
但一斤只能卖五毛钱
还要摘下来挑到公路上

喝酒时我告诉莫渡
在南方，在我家文成
超市卖的苹果要十多元钱一斤
菜市场批发的也要六点五元

一斤苹果
只能卖五毛钱
诗人莫渡说
天水也缺水
他明天早上就要回家
得去摘苹果了

石家庄记

我来过石家庄三次，三进三出
从没留下只言片语，出入别人的城市
不是我故意三缄其口
只为一个人在八百里太行山中
我从没看见一朵桃花，人间多么庞大呀
那么多人在河之北，一起参加盲人摸象

石家庄号称天下最大的一个村庄
通燕赵，连三晋，二十世纪
庄里来了个人物叫大解，养石头
写诗，写小说。他通天彻地
能与神灵直接对话，大解预言
诗歌里的太行山，来往的都是正人君子
他们都是一些活生生，有着许多细节的人

在神都不敢居住的国度，诗人是无用的
石头比知识值钱，怀璧其罪
写诗的人贵自知之明，自娱自乐
我喝 65 度大清坊酒，学刘伶醉生梦死
从邯郸开始学步，一步一趔趄
用酒加明月流水，洗心洗肺
用碳用墨洗净我的前世今生

滹沱河一路弯弯绕绕
它也回不到原乡，孟醒石、蒲素平
天岚，梁立杰，艾蔻，大家一起举杯
喝吧，喝吧，唯物主义者眼里
酒无法让一个稻草人喝醉
五台山，恒山，太行山
这些山山水水，沟沟壑壑都在北方
我的故乡只有包山底一亩三分地
其他行走毫无意义，无功而返
悲哀莫过于，夜深人静时才发现
每一场宿醉之后，身体漏洞百出
雪还在路上，而我的内心始终雾霾严重

四月十六日西安行

这是暮春，戊戌年的四月
我从包山底来到十三朝古都
一个没有了仕途的小诗人
动用了自备车，飞机，高铁火车
和近四十五年的光阴
才初入长安，我要用诗歌记下
你，这三日的西安

新人如花，故人似玉，美气了
你是秦罗敷，你是梦，你是幻
我本浪子，只羡鸳鸯不羡仙
爱山水，更爱佳人，终南山路远
我不是高人，我不想流芳后世
我只想在爱的俗世里隐居一生
拥你入怀，我就是世间的君王

携程酒店到永兴坊，美食吃遍
八百里秦川，听三弦，摔酒碗
陕北艺人说，长安就是好
皮影戏里，文成武德
今日风和日丽，沿着皇城根
穿过护城河，西北大学，碑林
鲜衣怒马，大道一路绿灯

春光，人面，桃花，不像人间
让我几度恍惚，此身在西安还是长安
恍兮，惚兮，今夕，何夕
惚兮，恍兮，何夕，今夕
与酒相依为命的日子，醉里秋波
人生苦短，世间行乐须及时
三生如有幸，下辈子
不忘初心，西北望长安，有花有酒
我会早早来，一出生就在盛唐
请记住我名字叫慕白，又名王国侧

白日携手西安的街头，美酒欢言
梦里睡在长安，陶然忘机
嘹咂咧，知己二三子，爱者唯一人
崔完生，张静，周文婷，闫太安，郭晓莉
八水绕一城，灞桥别，关山秦岭
诗在远方，思念从此始，不知谁家子
西安，长安，西安，昨日无忧
长安，西安，长安，今日无忧
清溪若我心，西出阳关无故人
乱我心者，是佳人，是今夜
弃我去者，是明月，是清风
送我远行者，是兄弟，是匆匆
后会无期，酒醉人不眠，古今皆如此
长安，西安，长安，西安，长安
西安，长安，西安，长安，西安
长安，西安，长安……

我想做一个诗人

——给包珍妮

我第一次这么近距离看你
你的身边全是器械和药
你的爸爸说那不停拍打你的
是帮你拍碎堵在你胸口的痰
好让你能轻松一点吐出来

你的爸爸噙着泪水告诉我
现在你们的房子是亲戚家借住的
他除了一个体弱多病的妻子
一个随时会爆炸的畸形脑血管
和漫长的失眠，绝望的守护
就剩下你与你一样患 SMA 病症的弟弟
这是你们相依为命的所有财产
除此之外，你们家一无所有
一无所有，一无所有呀

我俯下身子想跟你说话
告诉你再好的诗也不如身心自由
但你无法回应我，除了一个拇指
一双眼睛，你一动也不能动
我只能默默地在心里为你点赞
说些苍白无用的话为你祝福

一个正常人无法知道你的内心
但你的心明明白白，清清楚楚
亮亮堂堂，我走出你的房间后
你用尽全力给我发来一条信息
说感恩人间，说活着就好
说感恩世上所有的好心人
说没有死就算胜利，说
你会铭记并回报人们对你的爱

学会坚持，学会挺住
衣食无忧的人才说钱是身外之物
身无立锥之地，写诗何用
机器人不停拍着你的后背
二十四小时，三百六十五天
我真希望上天有好生之德
赐我大力之神，一下子就击碎
这个苦难的生活，连同我的心
生之艰辛，那堵着的痛

与霍俊明、熊焱沱江临眺

沱江老了
凤凰老了
吊脚楼老了
黄永玉老了
艄公的歌声老了
甜酒老了，米豆腐老了
青石路老了，酒吧街老了
老了，江水也老了

水草老了
长篙老了
捣衣女子老了
炊烟老了
行人老了
老了，鸬鹚也老了

窗外在下雨
没有什么可以抵挡

翠翠老了
沈从文老了
湘西土匪老了

万寿宫的大牛角老了
残存的城墙也老了
老了的河灯，和我手中的这杯黑茶
在深秋的黄昏
一起沉浮

题广教寺双塔送别图诗

东边一座宣城，西边一座敬亭山
南边偏西一座东塔，北边偏南一座西塔
广教寺早已灰飞烟灭，弘愿寺新建香火鼎盛
看不到观自在菩萨如意轮陀罗尼经
神仙们忙着个人功业，谁还为自身修建浮屠
江城如画里，先生也好游，先生也好酒
区区一诗人，先生还好色，人在草木间
你我一沙鸥，暮春时节，十里桃花早已谢
凭栏犹忆，昨晚宣城酒家，饮尽一夜不如意
今日芷父回北京，子川去金陵，少君已夜归
你们南来北往，我亦东奔西跑，世间如此拥挤
泾县虽有文房四宝，纸上终不能尽欢
儿女情长，墨写的人生，白发总系不得扁舟
桃花潭畔，生与活，水流具体而微
没有人在岸边踏歌，青弋江潸潸东流
高山可仰，我听见这边啼鹧鸪，那边唤杜宇
一声声：“行不得也，哥哥！”

致远方

周四日，今大雪，我独钓河东
你远上寒山，平生犹欠，万年烟尘
云江渔火，北风吹，前程未卜
世上多饥寒，长安有贫者，闲中趣
漫天飞花，难掩人间坎坷，疾苦无言
大道歧路茫茫，无穷生死，他乡千里梦远
山川好处，三九天，总有梅花香
因时动，顺时而行，遥相满饮此杯
醉乡也近，望早晚加衣。

阿拉善歌送娜仁琪琪格归京

你还是旧时模样
深爱人世，善待红尘
我的四周北风呼啸
梨花飘雪，慕白成白发
沙漠里，滴水成冰
我不禁慨然喟叹
它们终于都落到了实处
雪开始在我的双鬓
安家落户

世事桃花
千里黄沙
戈壁楼台
人生太短暂
过眼就成烟云
这些年
我和空气相搏
想躲，却无处可逃
活得像影子
除了灵魂始终保持自由
身体早已四面楚歌
只好被迫
给自己

竖起
白旗
彻底交出了青春

大漠孤烟
饮酒放歌
昨天多么美好
水草丰美
石头开花
可孤独犹如大风
昼夜不息
飘散的蒲公英
小半生被吹走了
有雪无花
你我同是路人
异乡送客
不能醉
再饮一杯吧
尘世烦忧
江山明月
狐裘不如人心暖
此去
江湖路远
你北上燕京
我南下
文成
归田园

在北京

酒呀，人生的摇篮

泉溪兄说：
在北京
天这么蓝
不喝酒
能做什么呢

别张二棍

今夜，不写诗
今夜，不敢喝酒
今夜，月亮已经升起
今夜，月亮已经西沉
今夜，灯光刺眼
今夜，茶水无味
今夜，鲁院好多房间集体失眠
今夜，不再抱怨雾霾天气
今夜，不再关心北京房价
今夜，509 的行李箱等待天亮
今夜，416 的女人偷偷抹泪
今夜，615 的男人反复吐着烟圈
今夜，小池塘结了一层薄冰
今夜，一楼保安正低头打瞌睡
今夜，寒风又吹落一枚松针
今夜，长安街上的出租车真让人心烦
今夜，一切都可以原谅
今夜，我在 508……
今夜，地上躺着半杯酒

晋祠览古

三晋大地
晋人，晋美，晋善
山川形胜，冀州老家
王子晋，王勃，王之焕
河东王维，王昌龄，王翰
王驾扶归，老槐树，山药蛋
醉乡记，酒家南董，王绩五斗
“阮籍醒时少，陶潜醉日多”
魏晋高风，忽焉而去，倏然而来
今王生者，文成王国侧

兰溪送马叙至乐清

"从一个晴朗的地方到一个下雨的地方，
实际上只需要一次短暂的睡眠。"

兰在雾里，芭蕉在雨中
兄弟，上午十点一刻的这场雨
再次令人失望，脚下的流水
不会再次让我们回到秧田里
回到我们失去的彼岸，钱塘江的源头

你低头坐进车子的身影
让我想起了古代友人江边送别
无言探向水面的沉默

水到兰溪，三江汇流，悄然合一
有如人的中年，低缓，宽阔，内心宁静
月夜漫步，中流击水，西门的桃花正好
今天第一班的汽车，或者最早的轮渡
也赶不上昨晚江边灯火中的盛宴

风很轻，日子会越来越平淡
一滴水不能和一条鱼，在同一个地方再次相遇
江的对岸，有人故意用古琴弹奏流水

小城故事，一次又一次重复那相同的别离
孤独的水流过一条兰溪，你又为何行色匆忙
于是寂寞滚滚流淌……

兄弟，兰溪，钱塘江的中游水系
各种各样的人行走在地上，没有人叫得出名字
命运如水，谁能准确预测自己未来的流向
这是一条别人的江，有人在上游点灯
以心为界，明天是谷雨，我也将启程
回到包山底。只是，我不知道今夜的江水
会在何时把我喊醒

第二辑

日月山

八百里飞云江

飞云江的水不知流向何处
我站在她的中上游
想象八百里的流程到底有多长
八百里：是一张纸或者一夜之间的距离
或者是名字与一块墓碑之间的距离
八百里：是我的脊椎与心脏之间的距离
八百里：是否可以
用日子来丈量，那么日子又有多长呢

八百里的流程到底有多长呢
也许水中的鱼儿会知道，它是最好的丈量员
一个浪花一个浪花地加起来
就得出了九曲回肠终入海的答案
八百里的流程到底有多长呢
也许江上的鸥鸟会知道，它贴着江水飞啊飞
心中装着一座看不见的海洋
天空中留下一条看不见的弧线

天空中留下一条看不见的弧线
飞云江的水是不是也和我今夜一样
在走不完的河流上
深怀恐惧，无法扛着地球

在中国东部的一个小山区完成散步
我，飞云江都会在未来的某一天死去

八百里流程多么短暂啊
从上游出生，中游成长，下游死亡的过程不足一天
八百里飞云江，今夜你从我的身体里呼啸而去

安福寺前

天圣山如经书，在文成
寺院山门敞开，佛祖在天上
俯视众生，看庙里的香客
双手合十，焚香、祈愿，仰望天空
佛看和尚互称大德，佛看世间有如猴戏

眼观鼻，鼻观心，心无自己
菩萨安静，菩萨慈眉善目
菩萨不开口，十八罗汉从不说话
谁心慈，谁心善，菩萨都心知肚明
道心众生、大觉有情，菩萨慈悲
度人易，难度己，佛也一样

菩萨到佛，一步之遥，做人心口难如一
江湖到庙堂，咫尺天涯
孰能有余以奉天下，圣人为而不恃
佛祖看人间就像马戏团，佛度菩萨
佛度有缘人，佛祖不轻易显灵
佛受四方礼拜，佛内心里的秘密
同体大悲，多少年了，佛关怀尘世
也关怀教徒，也关怀香火
佛不度利令智昏，佛度不完弱势群体

菩萨很忙，人间拥挤，菩提本无树
佛很自信，佛无烦恼，佛无凡心
安福利生，观百态，世上穷人很多
佛教大众洗心，洗肺，从善如流
人间喧嚣，道在屎溺，佛在我心
佛在过去，佛在今生，佛在未来
我不想上天堂，也不愿下地狱
我成不了佛，我心中有铁，但没有屠刀

百丈漈观瀑

这才是春天，多么撩人的时刻
峰峦一起一伏，福地洞天灿若星河
万物复苏，春色有无中，鸟鸣山涧
你的桃源在世外，日后不再有

深入山的腹地，溪水潺潺流淌
野花遍地开，娇莺恰恰啼，这一刻
江山有风月，你不春寒，我不料峭
天是蓝的，云是白的，大地为床
我们多自在，风在吟唱，水也温柔

世上闲人地上仙，山道崎岖
常青藤绕着合欢树，忘记爱别离苦
灵与肉的融合，在悬崖边缘
难舍难分，我看到天上日月同辉
为了共度爱河，百丈飞瀑
一泻千里，魂飞天外。乐山爱水
那一日，我尝到了真爱的滋味
生死相依，芳草鲜美，飘飘欲仙
这是第一次，永远都是第一次
我不怕跌入谷底，跌入深渊
不怕跌入万丈红尘

包山底

是一个村庄
也是一个墓地

我生在这里
我的父母埋在这里

巴音河

一道残阳
这金色的光芒
从天而降，洒在河面上
把德令哈一分为二
日落在河西
明月升河东
蒙古包像母亲的新坟
我在桥上远眺雪山
一群羊在暮色中
默不作声

茶卡盐湖

四十多年，时间
以光的速度
在我身上签下
风暴的名字

盐的风，白了头
跟着我
无声无息

初秋过科尔沁孝庄园

这深宅和大院，被命名为孝庄园
其实已不是清朝的尔罕亲王府
远在远方，历史的手一再为我们指明
哪一个王朝都不能迈过这岁月的长河
过去了几百个春天，花朵都死了
人杰地才灵，母以子贵，一位奇女子
白天我来这儿，冒昧闯入清室王宫
就为了想一瞻孝庄尊容
看她如何姑侄事一夫，一生辅二帝

园未修好，秋色正高远
这里是孝庄出生的地方，她没有住过的宫殿
作为过客，我们一样比木头活的时间都短
我必须声明，我姓王，但从未有野心
我是一个小男人，我不敢逐鹿中原
我心胸狭窄，气量不大，缺乏自信
我敏感、胆小、自卑，鼠目寸光
我绝对容不下我心爱的女人同时爱上别的男人

河山秀美，今晚的月亮是满的
究竟要多少寸目光，才可看清远方
时间每一分每一秒它都在消逝，它命如琴弦

像我速朽的青春，在尘世中游戏
我惊扰过许多亡灵，出入许多皇城相府
今天我穿上蒙古袍，扮演蒙古汉子
我豪放，我粗犷，我金戈铁马
我冰河入梦，我心高气傲，我大漠孤烟
我是天下人的可汗，我大块吃肉，大碗喝酒
但我终究不会唱长调，置身大草原
我的眼里依然容不下半粒沙子
天上鹰在飞，地上水在流
修不成百炼之肉身，我终将迈不过自己
“落叶总会归根，尘埃总会落定”
小人之心，君子之腹，我随时显出自身的渺小
就如这穿堂而过的风，始终站不住脚跟

大鹿岛之歌

海水正在流动
海和我之间，隔着昨天
岛是古老的宇宙，都有谁路过此地？

海浪天天想上岸
但没有一朵浪花
真正活在礁石和沙滩上
海是蔚蓝的火焰
海在燃烧，礁石沉默
大海里应该有我的始祖

我不知道自己是海的哪一代
海水奔涌，如雷鸣在云朵上盛开
我是风，是岛主，我是诗歌里的国王
今天我踏浪而归，荣登大宝

日久月长，我的岛国水族兴旺
太阳是我的华盖，月亮做我的宫扇
为我的亲人，为我的先祖
我向大海下令，集合云霞和星辰
集合所有的浪花，在我的诗歌中
铺就一条海上丝绸之路

风中有玫瑰，阳光下的宣言
为爱情，为和平，为自由
为自己的祖国，为自己的子民
我匍匐，我弯腰，我歌唱
犹如潮汐，永不停息

大滩镇的傍晚

一棵老榆树和牧羊人遥遥相对
碧草长到天边，牛羊在余晖下很乡绅

我们在山坡上举杯喝红酒的时候
八月的云彩也跟着燃烧

山下的村庄适时升起炊烟，落日景象
远处张承高速车流无声，恍惚不是人间

向日葵和玉米不说话，整个草原只剩我们仨
棕色马，黑狗，黄白相间的牛

夕阳温柔，风如情语，花似人面
我看见你和米色风衣在飞

过赤松山

在金衢盆地，我的命轻如鸿毛
我一直都没有合法身份
我像一个偷渡客，蛰居浙中金华
我在瀫水之东、长山之阳
悄然入境，纳航慈溪、孝顺溪
东溪、西溪、山河溪、芗溪
赤松溪、沿途逐日追风，诸水聚义
我为自己重新命名
大名金华江，小名叫婺江

金星与婺女争华分野
在江边筑城，“此地可以居神”
浙赣线、金温铁路、330 国道贯穿全境
杭金衢、金丽温、甬金在我身上互通互联
仙霞岭，义乌江和武义江，黄金主轴
燕尾洲与自焦岩，澧浦街迎龙灯
龙盘寺、无量寺，千年古刹
独守人间，山外有山，人外有人
道可道，非常道，源远流长
赤松山、黄大仙发祥，转型升级
葛洪炼丹，黄初平兄弟
修道成仙，鸡犬升天，古为今用

五代十国至今良性营运
朝拜者络绎不绝，香火鼎盛
太清宫、清宇堂、会仙阁
第三十六洞天，人鬼情未了
帝王官宦、僧人道士、文人墨客
朝拜、隐居、仙风雅韵
访隐者不遇，所谓《神仙传》
不过是失意者的悲歌，疯子的狂欢

我父母皆亡，独自活着
我很现实想得遇一仙人点化
或去隐居深山学道，可我在山上
问赤松仙子、有求必应的黄大仙
求一百篇灵签，无一提示，为我指引
我前生的历史向无详细记录
我的来世签文内容与现实也不相应验
浊世山水，遍布野草与荆棘
在世上，我就是自己的洪水猛兽
就算我在金东进入福地修炼
也难得正果，学不成点石成金术
不如就此诛心，消灭妄念的庙堂
学黄大仙去金华府城北二十里
在超现实的土地上搭盖一间小茅屋
与家人在一起，看远山与落日
若羚羊挂角，与世无争

花岗渔村记

慈悲为怀，晚霞可以疗伤
鸟鸣留在石头里，风从南面吹来

彼此靠近，石头与石头生死与共
人和人之间，爱就是桥梁

汽笛声像佛号，海上花园
洞天福地，芦苇在风中挺直腰杆

一切多么美好，山是山，海是海
走在村中，每一条路都通向幸福

种下星星和月亮，为你修一座花园
我在自己的身体里填海

道旁树和小草摇曳生姿，落地成佛
风吹渔村，炊烟里住着菩萨

黄河词

山是大地的连襟，牛羊被夕阳吞下
白天和黑夜成为兄弟，人向高处走，水往低处流
人走得比水流更急，而高处仅有一条小路

河水委身大地，像无人拨弄的琴弦
心退回到彼岸，旋涡，使水再次遇到山
河把自己的外衣扔在此地，灵魂脱身而去

回首长安

在长安，做一个凡人多么好
结庐红尘，相遇就是不舍
佳丽地，此生得遇，回首长安
我可以醉，可以醒，可以自由呼吸
不需要云游四方，不再追名逐利
摸得着温暖，摸得着心跳
这里人间祥和，时和光都缓都慢
没有纷争，一晌贪欢，万般随缘
我可以披头散发，放浪形骸
酒醉还来花下眠，何须终南山，何须桃花源
佛在我心，从此像一个苦行僧，在自己的庙里修行
不管成不成佛，以后的这一千年里
我只热爱你和我自己

嘉善，嘉善

“此地有佳山佳水佳风佳月更兼有佳人佳事添千秋佳话，

世间多痴男痴女痴心痴梦况复多痴情痴意是几辈痴人。”

江南水乡，上善之地
携手终老，亲爱的，就这里了
背靠太湖，红尘中有净土
居有水，饥餐落英，渴饮清泉
栽瓜种豆，浙西三屯，嘉禾为大
不盼高官，不求荣华，愿得闲心一世
在嘉善，农牧渔猎，亲爱的
我唱田歌，你翩翩起舞
闲来游山玩水，饮酒弹琴
鸟鸣喊你起床，阳光为你梳头

吴歌越语总温柔
不羡天池鸟，愿做温泉人
用上善之水醍醐灌顶，一日三省
洗尽铅华，留下一颗真心
乐居嘉善，嘉兴嘉善，亲爱的
我们开枝散叶，生儿育女

生了女儿叫云澜，生个儿子叫西塘
每个孩子和你一样蕙质兰心，容貌清秀
闲来也教孩子们读书，从善如流
修善心，行善举，清苦又忠贞
每一个孩子都做善良之人

瓜州夜泊

我是一个瓜州渡外的过客
黑夜里的扬州
小巷紧闭着

路的身上长满风尘
琼花，这天下无双的千年美人
沉睡在二十四桥的维扬人家
汴水边亮着几朵星光
那都是别人的灯火

多年来我一直无法接受
我还在瓜州渡外
我觉得我应该在扬州

玛曲落日

落日忧伤
我的狗在叫

高原啊
我的故乡
我爱自由，深爱大自然
可我的命运风一样难以把握

凤城曲

之一

何处是他乡
何必在故乡

酒中曲
人要旧的好，酒是陈的香
凤凰山下凤凰城
老窖酿新酒

酒里可登高
杯中能怀远
古法技艺，千山皆可醉
香飘长白

有山有水有酒有美人
少年游，昨天已成历史
八旗故里，满韵清风
大江日夜奔流
我会在谁的梦中

之二

江水无言
雾中有帆影
酒啊

都说你很苦
可我爱喝

即使含着泪
吞下
这带火的水
比起生活
你永远都是甜的

千山本无棱
叆水可枯竭
甚至鸭绿江也断流

如果上苍能给我
一万年
我要把九千九百九十九年
零三百六十四天
用来挥霍
剩下的最后一天
好好地在北国江南

和你
厮守

之三

日月经天　江河行地
天地同酿
不管世界如何变幻
你始终如一
守护着
内心深处的
那一滴
最初的馨香

之四

五谷之魂
丹东有醪兮
香溢四方

相知无远近
人间共生
五千年源远流长
醴泉为酒
金樽邀明月
牧云山水间

我要把这远山远水
在凤城
酿成一壶
归去来
让天下人
同醉
在高粱的庙宇

江山如此多娇（组诗）

江郎山

山告诉我
它是
唯一的

世界上
美都一样

木秀者
皆遗世而独立

一线天

山川
草木
蝼蚁
虎豹
谁活着
都无法
随心所欲

壁立千仞
只有鸟翔于天
无所顾忌

江山如此多娇

山水都有一颗
自由之心

咫尺桥

故乡遥远
桥也是路

武夷归来

我攀上震旦系
穿过白垩纪
爬上中生代的天游峰
蹚过十八湾九曲溪
笑骑白鹤
山林游仙处

眼前人
不是心上人

夜宿廿八都

穿越闽赣浙
大道通衢
一镇跨三省
洵里，枫溪，仙霞关
东南锁钥
有水在桥才安

夜半闻犬吠
一觉醒来
溪山依旧在
水底月还是天上月
我已不再是昨日的我

古镇

廿八都
千年老街
我发现
纤夫

贩足
游客
原住民
和我一样
没一个是古人

湄江，涟水

一

一群人
追风逐月
走进仙人洞
出来还是俗人

二

山、洞、石、峰、崖
都是旧的，只有水
日日新，充满了好奇

三

涧、泉、湖、瀑、桥、峡谷
相依相守，通天地人
沙滩变成绿洲，一个人路过
游客总归是游客

四

泉和溪，江与河
相对于海而言

此心，此身
只是暂寄

五

灵山秀水
自然的造化
当山洪暴发时
偶尔也会溢出泄洪道

六

按照神的要求
把灵魂引入古道
是我毕生的梦想

七

向往的天堂
人和神，上帝和魔鬼
各自偏居一隅

八

来一趟人间不容易
上帝有上帝的阳关道

魔鬼有魔鬼的独木桥
众生皆平等

九

我要心怀着爱
学会感恩
和善良的你一起
重返自然

十

今年雨水少
河床日渐消瘦
塞海之后
水流不出去了
湄江，湄江
水哪里去了呢

十一

涟水入湘
湘江东去
大家都是支流
一路踉踉跄跄
万物为证

水沉没了岛屿
水还沉没了自己

十二

湘之魂
真实的人间
该去的，不该去的
我都去看了
龙山远眺
无湘不成军
我的视野
只有教科书上
功成名就的
极少数的人和物
我多么希望
会在不远处的
涟水之源
再次打开豁口
找到那些
“吃得苦，耐得烦
霸得蛮，舍得死”
一生与自己为敌
籍籍无名
渴望着生
却从不屈服于
强暴与命运的人

十三

一条七公里的峡谷
蜿蜒曲折
历朝历代
僧侣走过
土匪也走过
牛羊走过
官员也走过
大解走过
慕白也走过

十四

明日是意外
崇高与卑微
戊戌白露时节
我走在峡谷之中
仰望绝壁
秋风穿行悬崖峭壁之间
天空堵在其中
我的灵魂找不到
突围之缺口
更无法攀缘
山顶的林海云天
自由之境地

十五

湄江空流
隔山相望
三道崖门
一道是前世
一道是今生
一道是来世
短短几米
无法逾越
寂寞的人间

十六

水是乡村的安魂曲
梅山文化
美是无法独占的
湄水三千
不归王属
我走近三道岩门拍照
一只白鹭不屑一顾
拍拍翅膀
飞走了

十七

一个个亲人的遗失
半生的苦

流水之颠沛
前有围堵
后有追兵
人生进退两难
世世代代流离这江边的人啊
壁立千仞，无欲则刚
我在菩萨崖下
为你和自己祈福
此去无多路
纵然有仙人桥
也无法改变我的未来
漂泊的命运
为生所累
水在水底
沉默

十八

萍水相逢
我在路上行走

十九

八月果尚未成熟
白发已丛生
昨夜的星辰
来去无踪

二十

不恨蓬山远
无论多大的风雨

二十一

四十五岁了
青鸟高飞
身无彩翼
只要不迷失自己
没有什么大惊小怪了

二十二

从今往后
虽未能荣辱不惊
就算风吹草动
也只起一点点微澜了

二十三

我今天看见
有人在湄江上
筑坝，蓄水
效仿大禹
把欲望

关在心里
关紧闸门，想控制
内心的洪水猛兽
不让它放逐

二十四

平静的湖面
白云吹皱蓝天
群山缄默不语
一只神秘的小舟
系住一棵枯树

二十五

无水之源
神仙也会烦恼
活着的人
好好地活着

二十六

死去的人
我会在心里记着
为亡灵超度
并在诗歌中为之立碑

二十七

水之祭典
内心的不安
堵不如疏
青春稍纵即逝
有就是无
无就是有

二十八

穿山过桥，蹚水攀石
欲语还休的秋风
人的最高境界是活着无意义
江山美人
像极面前这条江
藏身洞里的菩萨
年长日久
惆怅是清狂

石头要活在人间（组诗）

巴丹吉林沙漠

美是带不走的
它属于自然，其次才是艺术
但爱可以留下来
沙漠是众沙自由聚在一起
不像我们在人世
爱深了，会有寂寞和孤独
甚至嫉妒与担忧
爱是心的囚徒
置身广袤无垠的沙漠
我的心里
也只有一粒沙子

读曼德拉岩画

一块石头内心要多坚强
才能拒绝风化

长调悠长
历史上的事
谁也说不清道不明

祭祀，图腾，记事，娱乐
狩猎，放牧，生殖繁衍
谁画的，为什么画
和画什么一样真的不重要
反正我看不出这些画多少年了

来一次世上谁都不容易

曼德拉是一座山
不是总统
是孤山
孤独终老的孤
孤苦一生的孤
孤家寡人的孤
山上不长一棵树
只长乱石

沙漠之旅

你来过
又走了
人活在世
各自珍重
别想留下脚印

把沙漠留给芨芨草
留给骆驼
留给蛇
留给太阳和月光
留给胡杨和风
留给广袤和无垠
别留给脚印
脚印太浅
一阵大风过后
什么也没有发生

额日布盖峡谷

走着走着
突然出现了裂缝
这巨大的鸿沟
无法复原的沟壑
两种不同
风吹日晒的砂岩
多像我们的人间
布满了悬崖
漏洞百出
从日出到日落
一下子
就变冷了

草原日落

夕阳有爱不够的人世
沉默不语
低着头
从旷野中
落下去
又悄然从
一个人的梦里
冉冉升起

欧行漫记（组诗）

比萨斜塔

没有什么事和物
可以永恒

就如孤傲之人生活在低处
一直在路上一样　害着
人间的疾病

阳光撒射下来
斑斑驳驳，无论身体在哪里
谁都无法治愈时间的痼疾

我来的恰是时候
这塔倾斜了很多年，但没有坍塌

米兰教堂

钟声延续了几百年
那条毒蛇还在吞噬一个男人
即使肉体被雕成一个塑像
刻在大理石上，供后世膜拜

但灵魂
无处安放

奥尔维耶托

不用做一个疲于奔命的人
这真好，人民慢下来了
慢慢地吃饭，慢慢地喝咖啡和柠檬水
在这里，有更多的空间
和时间供人们散步

它的标志是一只蜗牛
在这里，你可以让自己的灵魂
跟上自己的身体
就像知己相遇一样

在马蹄石铺就的中世纪的小巷中
慢慢悠悠地
有一搭无一搭地谈着话
毫无目的地游荡

这不是一幅静止的油画
如果石凳上雕像般呆坐着的老人
突然开口说“你好！”

请不要见怪，在奥尔维耶托
它的最高峰是人
即使全球化经济时代
它还叫国际慢城

罗马假日

在许愿池旁，我向海神
许下三个心愿
第一，蚂蚁不会被车轮碾死
第二，不把老虎关在笼子里
第三，来生你我还再见

天空之城

一座空中的城堡
2500 年来，位于山巅
只靠一条狭窄长桥与人间相连

神说，一个热爱生活的人
必定也向往爱和自由

我去的时候，恰逢一对新人的婚车
驶向城堡，而桥下是深渊
桥的那头像一座孤岛

我是一个内心孤独的人，神
让我的灵魂在此地，留守人间百年
但神特恩准我的肉体进城
观光半日，我走出城堡之时
看见满山开遍了黄花
而天空蔚蓝得一尘不染
像我遥远的童年

爱，让人无畏
祝福相爱的人生活在天堂
进入天空之城，从此远离喧嚣

卢浮宫

法兰西的古王宫
乌鸦们不顾统治者的意愿，无视法度
在世界闻名的浮雕上，任性地散步
而警察居然视若无睹

凯旋门

一个帝国的辉煌
香榭丽舍大街上游人如织

红酒，咖啡，金发女郎
鹅肝、松露、鱼子酱
星形广场，辐射十二条街区
气势磅礴，形如众星拱月
地下通道里，一位黑发女子
在拉小提琴，她的身前放着一个收钱的纸盒
里面稀稀拉拉有几枚硬币

法国梧桐

街道旁种着的中国梧桐
树干高大，枝叶茂盛
在中国我们叫它法国梧桐
这让我想起了，屈原的《橘颂》

巴黎的乌鸦

难道它看出我的虚无
这不是我的国度
我必须把它写到我的诗里
它踱着优雅的舞步
在卢浮宫广场和香榭丽舍大街
在凯旋门和巴黎的其他街区
这穿着黑色礼服的绅士

自始至终，我们没有说过一句话
我不知道为什么
每当我走近的时候它就飞走了

塞纳的河

水是孤独的
水很难分清国籍
法国的和中国的河流
没有多大区别
桥下的水
和岸上的人流一样
都在匆匆忙忙地往前走
水，没有家
告别一个个白天
又告别一个个黑夜
翻山越岭
这些来自星星的眼泪
降水女神塞纳呀
你能告诉我
天堂和人间一样忧伤吗
相聚又离别
灵魂离故乡还有多远
一生艰辛的奔波
只有水自己知道要去哪里

郏县书（组诗）

汝水吟

水得土而乃流，土得水而柔
岫壑争深，山阜竞高
汝水北靠箕山、南依外方山
南山水草丰茂，北山石多少流
乡愁源于饸饹面、三炖、烧鸡、豆腐菜
郏县的落日壮美，白天与黑夜
绝无混淆，过三河口，汝水就要入淮
从五峰山，千年岭，乱石穿空
到汝河，亦名隐水，流着，流着
洗耳河、燕子河，汝玉、汝器互相混同
时而入江，时而入淮，世道无常
人生如流水，变幻莫测
清者自清，太行山屹立万年
紫云寺塔俯视人间千载
“汝水无浊波，汝山饶奇石”
汝水汤汤，广成子、巢父、许由
元丹丘、孟诜，高士修心
颛顼、楚庄王、张良，出将入相
汝海在望，面对流水
我不断在心里告诫自己
不论河谷变窄，还是开阔

时间可以坍塌，灵魂不能迷失
做人要泾渭分明

秋到郏县

中原土厚水深
天很宽
看不到边际
树的叶子已经掉光了
落叶似蝶舞
物以类归
人世间很多事情都大同小异
但今天去三苏墓的途中
这里的几棵槐树
与众不同
我看见
干净的枝丫
卓尔不群
像把酒临风的东坡居士
立在郏县的秋风中

三苏墓前

虚名和私利
谁都勘不破

苏门父子三学士
谁也想不到
千古之后
墓前的侧柏
身上会挂满这样的符：
有求必应
学业有成
早生贵子
愿望和梦想
求人不如求己
聪明如东坡先生当年
人中龙凤
依然一肚子的不合时宜
位高权重
身份卑微
都一样是过客
入戏容易出戏难
得陇望蜀
痴人喜欢说梦
北汝河东去
淮河入海
人生就是一个
笑话

女巫师

凤凰古城，苗山为媒，沱水为证
一次的邂逅与幸福，让我不枉此生
今晚的你是一个真实的女子
戴凤冠、苏山、髻簪、耳环、项圈
我只是苗寨的一个过客

我去过都罗寨，路过岩砬窠
我在王村的流水里种下桑竹
我在芙蓉镇的月亮上养殖鸡犬
边城是隔世的红颜，鱼跃合水欢
我多情地陪在你身边，猛洞河

昨夜的流水，忠实的树木与刀山
芙蓉镇的夜晚，清风拂鸟脆
笑声几瓣，沱水绕三日　袅袅不绝
我的前世情人，湘西女子，绿叶披身
在涉水的吊脚楼上，朱唇半启
如风一样随意行走，步履雨一样轻盈

醒着做梦，世上没有真正的净土
半壁蔷薇，一树芭蕉，浩浩沅湘，沱江浩荡

狗的叫声多么听话，鸡也飞得这样懂事
真不容易，女巫师为我歌舞

秋天啊，整整一个秋天。我都将在怀念
女巫师，多么可疑——我已等了千年
我在中年遇见一座山水
但我未曾用我的全部去爱这一个地方
边城还有白云，还有蓝天
还有吊脚楼，还有明媚的眼睛
还有人在悬崖上唱着傩歌跳着巫舞

自斟自酌，睡着失眠，只要今朝有酒
从此我一直做你童话里的知音
这是我唯一能进入你的一种途径
我愿在你的怀里沉醉不醒
生命花开的细节，将你和一些巫术
美丽的声音一梦到底

普救寺

月亮还是当初的月亮
池塘里却不再是千年前的水

莺莺始终都是位好姑娘，才貌出众
我在月夜里等待红娘把门打开
溶溶的月光在池塘里荡漾

燕约莺期，我也曾写过几行诗
今夜努力爬上那棵杏树，跳过墙，到了西厢
才发现自己不姓张，我姓王

七曲山散曲

一

香可通神
钱能御鬼
天堂和地狱
皆然

二

乩坛民俗
一生二
二生三
三生有幸

三

柏，木白
白，守着黑
黑与白，在于心
木秀者，岁寒不凋

四

心正可活千载
柏树，不怕影子歪

五

文贵曲
人要直
人生之路
功名、禄位
崎岖，如蜀道
文昌大帝说，不要跪着磕头
人还是要走正道

去天水

咸阳到天水，高速一路畅通
古今一日游，天水，祁山，温州
面对尘世，我就离开了故乡，飞越了关山
一路上有桃花坪，有桃花沟
但我没有看到一朵桃花，也许桃花早已开过
路修得很好，架桥的人都回了各自的家
一道山梁，一道坎，车过了宝鸡
道路开始弯曲，两岸青山相对出
英雄穷途，有钱男子汉，没钱汉子难
“不交道路管理费，不让通行
一车一杆，冲卡后果自负”，一夫当关
我的生命也一直在爬坡，夕阳像荒草
诸葛出师未捷。秦岭八百里，隧道里要开大灯
在别人修好的栈道，我大摇大摆过陈仓
生命只有一次，我是一个来自外省的人
纵然再去一次祁山，我已无力与列强逐鹿
蜀道不难，青天在头上，羲皇故里，陇上江南
伏羲氏神机妙算，挡不住天意
女娲补天，手艺再好，也补不好我的锅碗瓢盆
露从今夜白，我的江山日渐衰败
白发疯长，犹如司马昭之心路人皆知
葫芦湾竹篮打水，只是权宜之计

敌人迟早会再次兵临城下。虚名累人，空谈祸国殃民
八千里路何其长，一万年时光多短暂
内心山头林立，我的灵魂与肉体各自为战
乱如三国，战火纷飞，白天黑夜一直不肯统一
我是我自己的奸细。骗尽天下人，但总骗不了自己
渭水南有秦岭横亘，北有六盘山屏障
西为黄土丘陵沟壑，东为关中平原
大地湾先民遗址，我也生在王家，但脚下没有寸土
如今空城计难唱，我已赎不回青春
过了小陇山，就是化石山，西秦岭，麦积山
江山如此多娇，前途似八卦阵，扑朔迷离
距离天水还有 77 公里，李广难封，冯唐易老
“白也诗无敌”，少陵野老词意在言外
唐诗、宋词、元曲、明清小说、电影、电视
互联网、QQ、微信、推特和脸书，你方唱罢我登台
不管谁在纸上谈兵，街亭都容易再次失守
江山代有才人出，唯有酒香如故
罢罢罢，与其坐等成马谡，被挥泪斩
不如我这就打马上南山，晨看春秋古柏
黛色参天，虬枝冲霄，俯仰自如
暮取北流泉，与李太白，杜拾遗醉卧秦城

日月山

夕阳下，一群牛羊在坡上吃草
炊烟从帐篷里溜出来，牧羊犬真安静
土拔鼠圆头圆脑，逢人打躬作揖
我偏爱小河流，却没水，我情不自禁跑起来
在高原，风和美一样朴素
日和月都是善良的

山中溪涧

一条水道延伸
通向未来的彩虹或者雨
缱绻，雾会消失
星空如洗，树木葱翠

林间幽深，我住在这里
整个晚上都不出去
倾听流水，世界柔软
没有人会打扰到我们

峰峦耸峙，小道蜿蜒
我决心不再奔赴他乡
选择就地皈依，就此退隐
永远退隐，在这雨后的黄昏

月亮像是我忠贞的爱人
这里的国度蒹葭丰美
湿润的沼泽地芦花盛开
太美了，梦境般的溪村
小屋像孩子的画，摇曳在风中

彼此召唤，山高水长
夜莺的歌谣原始，欢愉地哼着
在这里，我放下尘世的所有
我抛弃我的江山
任凭风从木质的窗格子偷窥
觊觎我的社稷

湿地牧歌

我跋千山涉万水，有多远飞多远
为赴琅琊那片前世的山水之约
我愿做一只白鹭，从浙江飞到临沂
金玉良缘，在今年夏日，到达武河湿地
抢在蜻蜓之前，找到那个叫荷的女子
娶她为妻，在蓝天白云下共舞
水天一色，身边芦花漫天，渔歌唱晚

琅琊、凤凰、书城、水城商都
齐鲁莲叶何田田，她的姐妹皆美
亭亭玉立，含苞欲放，荷的小蛮腰
让我一见倾心，醉倒在蒙山沂水之中
出淤泥而不染，荷濯清涟而不妖
莲蕊有香尘，我以我的真心，她用她的实意
风过留香，天道人心，水乳交融
有爱才能和谐，并蒂连理，千里烟波
从此杨柳岸，不再晓风残月
湿地公园，有风情万种，良辰好景

“鲁南古城秀，琅琊圣贤多”。
清风和明月荣辱与共，蝼蚁与老虎唇齿相依
我们在湿地结庐，守拙，植榆柳，栽桃李

落英缤纷，采菊，善待每一个水中亲戚
鸡鸣，狗吠中有真意，白头南山誓不归
与岸边的每株植物睦邻而居，不轻视小草的卑微
不仰望鸣蝉的高洁，天上人间，和平共处
我说我江南的普通话，你讲你临沂的方言
晴耕雨读，心心相印，羁鸟能恋林，池鱼有渊思
红的，绿的，白的，各得其所，桑榆在晚
醉卧也罢，渔樵问答，一转身成古今
你躲入夕阳，我身后万家灯火

同杨方及诸公登广慈寺屏风阁

“就算把俗世的春色尽收眼底，
也比不上梦里看一眼你盈盈的笑意”

人间春色，山花乱开
圣人留遗产，溪流野唱
方岩绝壁无捷径，人生何须分泾明渭
皇天、上帝、社稷、寝庙、山林、名川之祀
风、雨、雷、电、水、火诸神
财神、灶神、城隍、土地
各司其职，各为稻粱谋
五峰也罢，天下粮仓也好
神仙神通再广大，也要人间烟火供着

我本凡间一尘人，自非旷士怀
世事多荒荒，我且装有闲
纵使这曲径通幽的云梯连着天堂
一步一叩首，到达山巅，上得天门
进入天街，见到各路神仙
我依然忘不了凡心，一刻也不能免俗
我醉之意全因酒，不在什么山水
我想着我的俗世红尘
每一天我都是王国侧，又名叫慕白

行路难，不见前人，不问来者
世道人心，多歧路，我只有童年，没有童话
渴了，山中泉水就是一位美人
纯粹，绝色，稀世。
累了，地上松针就是锦被
柔软，辽阔，忘形。
夜住晓行，一朝风月痴迷一生一世

林静月下，人思风前
皇帝御书“赫灵”，心诚则灵
这山水不是我的，清风也不是我的
我的内心有火，我还不想向自己低头
我没有一点云水禅心，即使在胡公面前跪下
磕一百个响头，注定今生也上不了天
入不了地，就算再邀来一万吨的明月为伴
我依然只在时光的反面，像这个古寺的
一支蜡烛，抵不住一阵山风的突如其来

不言何故白发，但笑半山春风
山川跌宕，天色向晚，故乡日远
不能再强词夺理了，道路崎岖不平
今天已回不去，明日尚早，亲疏无关远近
五峰就是人的五脏六腑，半日登山
胜似十年读书，三牲六福，香烛冥钱
天街喧闹的市声，才是人间的本色

路边的每一朵野花，卑微，琐碎
不引人注目，代我开出前世未了的心结
持花临水，抱鱼在山。原谅我吧
我入空山不访高士，但寻狐仙
今日有酒，四十不惑，不去想它明天泛舟何处
我已看见山脚酒家，炊烟袅袅……

途经霍林河冰川遗迹

神呀，那么多人一起上山
为什么只有我看见你的模样
像一位头戴鲜花的牧羊少女

神呀，这草原上站立了
亿万年的霍林河冰川
只有你的出现才让石头开了花

神呀，如果你回到人间多好
我们可以时时刻刻并肩站在一起
不再关山万里，不再形同陌路

神呀，你我都知道
我们都只是短暂的停留
隔着两个世界，彼此没有通道

五老峰

群峰之上，谁还待月西厢
我登上黑夜的屋顶，向自身的沼泽
投出一块石头，想知道是山高还是水长
而世界总以沉默回答我

西坑溪景图

山有山神，水有水仙
有人溪中围池，古法养鱼
有人坡上种高粱，蒸馏酿酒

这里叫西坑，炊烟如细雨
石斑鱼优游溪中，沿岸民居参差不齐
青砖灰瓦，柴门泥墙，随心所欲
村口两棵香樟树，各自为政
一株红豆杉遗世独立，似有古风
土地庙依山就势，庙里释道儒并列
佛和神仙平等互利，互不干涉内政

村里年轻人进城多年，身份不明
留守老人闲似野鹤，孩童村外上学
周末放学归来。云出岫，水声似禅
鸭子水上跳芭蕾，悠闲自得
烟草云树，鸡觅食木屋外，狗酣睡土墙下
猫的身份合法，鹅的血统纯正

巢林一枝，停歇在芦苇上的翠鸟
被贸然路过的风，一场虚惊，复归自然
后山苍柏、青松、翠竹，领土完整

对面山岚突起，分不清桑与麻
山道行迹稀疏，路边稻田，似曾相识
瓜秧蒜苗独立自主，长势良好
菜园竹篱虚掩，蜂儿狂，蝶儿忙
无名的闲花野草与矢车菊和平共处
开满水畔，路边，房前屋后

猫与狗都很懂事，但有点怕生
鸡鸭鹅犹如我的前半生，来历清明
春雨识趣，且多情，雨中有芭蕉
风好客，合唱安魂曲，邀我进农家
农家大娘最热情，给异乡的行人
抹椅子，敬烟，递茶，切瓜果
梁上屋檐下，雏燕啾啾，熙熙而乐
面对我们这群不速之客，须发皆白
蹲在灶膛边抽旱烟的老大爷
头也不抬地问：客是从哪来
将往何处去，为何到此地？

哪里来，何处去，为何到此地？
我在这里干什么，这里什么也没有
我无法回答。万物稍纵即逝，流水无声
雨歇了。离开西坑时，青山不语
落花满地，蝉鸣声此起彼伏

仙山湖记

我不过是一只萤火虫
在雾霾笼罩下的秋夜路过这里
误入一片沼泽，不知深浅
在江浙皖的交汇处突遇这片湿地
仙山湖，水的深处总是无言
我自作多情，秘密地爱着你
梦与现实之间，水草丰茂
一百万年前，我们无名无姓
我以为在仙湖就能遇见仙女
其实只是芦花，飘呀飘，在水中
在五湖岸边，我有太多的不懂
比如芦苇，比如月影，比如夜色
这些漂泊的生命，都没有根
就像我的未来，无所依靠
走入俗世以后，谁都回不去了
流水无声，四野茫茫，荒草连天

在湘西

火车呼啸而过
有人在出售同情

山城吉首有些凉意
一个外乡人在秋天
捡到大地施舍的一块钱

一块钱能给他带来什么呢?

从市政广场到夜市小摊
他手里拿着这张纸币
在陌生的城市街头游荡
他渴望遇到，一位贫民
或一个乞丐，一个比他更穷的人

街上到处都是饥饿的人
从头到尾，没有人向他乞讨

黑夜是野蛮的
天亮后，外乡人就得离开这里
从此，他手中多了一块钱

夜宿寒山湖

今夜无月，我们临水而居
我在此岸，你在水的中央
隔着 10000 米，8000 平方公里的水域
一个俗世的距离，春寒料峭
云锦杜鹃未开，我的心无法泅渡

湖叫寒山，十年前
我在天台国清寺许下心愿
一个和合之梦
红尘中我们就此约定，把梦还给山河
湖水就会清澈，我的思念很凡俗
不要你是菩萨，我怀里的一个绝色女子

拾得问寒山，春天远行，星月未老
“你会为我而死吗?
不会。你呢?
我也不会。”

不敢与子偕老
我的修行有限，从未执子之手
从未超凡，也不曾脱俗
一个湖不会知道一滴水的孤独

寒山无路，山的后面还有山
就此吟留别，梦游天姥，西水东流
无以为期，寒山湖之约，唐诗之旅
他日相逢，后会遥遥

人在他乡，我唯一能做的，就是不要忘记
江湖尽头，爱情才是永恒
我知道，再远的地方，只在一念
是的，最远的地方，不是
今生，不在明天，最近的距离
不是生死，不在万水千山
不是咫尺，没有天涯

希里沟镇

巨大的月亮君临祁连山
夜很凉，山那边还是山，推窗远眺
天净如洗，群山肃穆，月光中

风吹石上，星光似豆，这是狼和羊的故乡
我多么希望看见草原深处，一只狐狸
和我一样，也在抬头望月，遥望百年之外的
孤独

夜饮苏州科技城

姑苏是一个名词，科技是一个名词
在今天的苏州城北，我只是一个代词
是一声乌啼，往南的列车就是我的铁马
今夜，我一个人被高铁抛弃，留滞在车站
太湖水美可采莲，网络时代，百度不到舟楫
这里不是唐朝，今夜没有客船，回不去姑苏
我也不是张继，在科技城，你听不到钟声
暮色四合，我，第一人称，一个过客
有些风，有些月，有无线 Wi-Fi
钟声一直响在我身体里，姑苏好风光
我的头顶已长满风霜，我以花雕抵抗落日
用几粒渔火下酒，饮尽白天
左手跟右手碰杯，把自己喝成三个影子
把太湖喝成吴越两个帝国
我在东吴用手机上网，给远方的你发照片
我是有情人，做客不悲秋
吴越之间花好月圆，青山衔日，月坠江波
自古人生一场梦，暂时流水当今世
明天相约去五湖，荡舟，抚琴，姑苏台上
西施已醉，唯有评弹越过时空
越过方言，越过防火墙，越过客栈
我不是 GDP，我不是服务器，我不是李白

酒后回到姑苏，回到木兰词里
随地春山是故人，杜十娘夜携百宝箱
深情款款，与我谈婚论嫁，我不是薄情寡义的书生
我俩青梅竹马，两小无猜，临水而居
你是小白虾，我是太湖的一尾小白鱼
我们双双潜翔水底，自由栖息
鱼水之欢，在水草丰美的俗世生儿育女
情义从来无价，在我们百年之后，就请绣娘
以爱的名义，在我们的墓碑上绣一对鸳鸯
背景是太湖，绣成一幅流动的乡愁

六祖寺

大佛
在心中
山中，庙中
的佛和人
我不跪，也不拜

花开彼岸
心无屠刀
有梦，有爱
自成正果

心的版图上
爱我，庇护我的人
从不会要求，更不索取
我想佛与妈妈的想法
会一样

银屿岛所见

北纬 16°　35′
东经 111°　42′
海拔 2 米

厚藤若干
海草桐若干
海底珊瑚似鹿角
海水五光十色
有深蓝的，淡青的，浅绿的
杏黄的，透明的
海鸥在珊瑚沙上散步

界碑一
国旗一
神庙一
灯塔一
社区居委会一

居民 10 户
19 人
中共党员 3 名
中国公民可登岛
我是第 49706 位游客

永兴岛

岛屿、沙洲、礁、暗滩、暗沙
水清浪白，海域辽阔
鱼鸟的天堂，船在海上
没有狼和狼烟，只有海涛悄声细语
大海的宁静多么美好
椰风吟唱水调歌头
礁石填词减字木兰花

黄皮肤、黑头发，白珊瑚
与世无争，一座沉默的岛屿
上善若水，和为贵，睦邻相处
没有比水更柔软更忠贞
岛屿跟枇杷树、羊角树、马王腾
情同手足，与马凤桐
美人蕉、野蓖麻、野棉花
义结金兰

孪生兄弟西沙、中沙、南沙
与中原血脉相依，与大陆守望相助
族谱叫《更路簿》，筚路蓝缕
新石器时代祖先开始渔猎南海
生儿育女，既婉约又豪放，
海鸥啼声婉转，传诵着土著越族的如梦令
大海的轻涛细浪，轻拍桅杆的忆江南

游图影湿地并夜宿长兴

水是石头开的花
心让太湖长满了芦苇

白鹭洲，一只雁鹭
掠过白天的垂柳，还在做一个
湿地水乡旖旎的梦

月落长兴，星沉太湖
水在湖里，水是安静的
孤独，也是千言万语

梦里有你，荡着莲桶船
你唱《太湖美》，采红菱
陌桑岛上开满蜀葵，油菜花
天人菊，秋英，稻草人离开春天
风车成了一种摆设

黑天鹅，身份特殊，湖漾泛舟
没有农耕的苦，不停地唱着赞美歌

只有鱼鹰的神情忧郁

它的脖子上始终摆脱不了
生活紧箍着的咒，黑暗中
低着头，像吃了败仗的士兵

芝兰之州

我去过祁连山，到过贺兰山
从没看见天上流的黄河水

徐家山、吐鲁沟、石佛沟
五泉山、白塔山、白云观
兰芝常生，我有幸去过兰州，不止一次
叶舟陪我载酒泛舟，夜饮黄河
古马请我吃早餐，兰州拉面
早晚都是情，可写什么歌给兰州呢

古丝绸重镇，汤池金城
兰州城有诗有酒
黄土厚达千尺，川流不息
滔滔黄河，八盘峡、柴家峡
桑园峡、大峡、乌金峡
玫瑰花香自兰州
夏无酷暑，冬无严寒
百合甲天下，美食正宁路
山地、高原、平川、河谷、沙漠、戈壁
兰州什么都有，我又能写什么呢

兰州在人间，陇上到文成
相隔几千里路的俗世
我们不是古人，不怨羌笛
你我也不是迎风摇摆的杨柳
春风度不度玉门，关卿底事
几个纯爷们，血性男人，兰言断金
情有千种，酒只一杯，山河依旧
叶舟，古马，除了敬您俩
善人居，兰之室，我真写不出什么歌

致扎鲁特草原

我肯定不是你的唯一
在我之后，我相信你一样会拥有
更多爱你的人

你属于长生天，远离人世
我的足迹没有给沙漠留下一丝痕迹
我的脚下不会踩死一棵小草

科尔沁，请原谅我不能陪你一起走
我是一阵风，一个过客
今天我就要离开你了
我真诚向你道歉，陌生人一样
科尔沁，我不应该闯入你的生活
侵扰你的世界

后会无期，科尔沁
我不应该贪图
你的远方，你的诗意
你的鲜花，你的辽阔
你的温柔，你的美貌
你那不染一尘的明月

科尔沁，我短暂的停留
只是草尖上的一个小露珠
心存美好，明天的太阳会照样升起
鲜花宁静，大地芬芳
为你祝福，科尔沁

周吉敏家花满蹊

丙申暮春，骑一匹老马
任时光颓废，回到唐朝，回到魏晋
飞云江慢慢为我流向东海，把酒临风
石头花开，我是个风一样自由的人
消魂当此际，花解语，人宽衣，三垟湿地
春水填词荡漾，戏蝶作赋留恋
青山妩媚，天空有艳诗，乡愁与炊烟
飘飘然皆成绝世的风流佳话

瓯居海中，蓬门今始为我开
故人王家新、马叙、池凌云、庞培
德国顾彬、美国乔治，中国台湾陈义芝
有朋自远方来，雅集瓯海，江山似永嘉
北京谢冕，文成慕白，少长咸集
老外不懂蛙声篱落下，只知春山易老
泽雅山水好，久住亦成仙
无须大块假我以文章，不要效仿古人
农家小院宜听风，宜饮酒，宜发呆
见花独笑，有青春作伴

此地即远方，从文成到瓯海道上
桃花流水得意，三分春色，二分酒意

看得见山望得见水，不必担心被查酒驾
只要灵魂安全，我们的梦想就比家园美丽
不须问道于野，庄周梦蝶，红尘也滚滚
赵山渡水库就是一首水调歌头，如梦令
赏心乐事，水绕村郭，鸡鸣桑田
风扶柳，佳人半醉，归去来，有酒有肉
花径缘客至，日丽风和，新冠盛开
周吉敏家花满蹊，堂前屋后，落英辞枝
莺儿，燕儿，蝶儿正翩翩舞，双双飞

第三辑

安魂曲

143—195

赛场上，一匹马把骑手摔下来

哲里木赛马的枪声一响
它已想不起家乡
冷兵器时代早已过去
草会站起来，骑手不是去战场
它还是一匹马

是马就要奔跑
不是故意要失前蹄
当背上的人摔下来的一瞬间
它正奋起前蹄，奔向远方

前方辽阔，鸟儿飞翔
总算为自己跑一次了
淋漓尽致的雨，多么幸福啊
不是行为艺术表演
不再自欺欺人地活着，纯粹是一匹马

骑手被抬上救护车的时候
马，第一个冲向赛马场的终点

2018年的我

我见山说山
见水说水
狗年也只做人

我不会见风就说雨
我喜欢阳春白雪
喜欢风花也爱雪月

我是下里巴人
黑是黑，白是白
冰冻三尺非一日之寒

世上还有冰霜，还有贫寒之苦
冰雪融化后，锦上添花当然是好
缺的是雪中送炭之人

雪虐风饕亦自如
我知道粉饰只是一时
植物都能凌霜傲雪，澡雪精神
雪教会我做人的尊严

安魂曲

雨下了一夜
已淋不湿他

某某，某某某
墓碑上
有些名字开始模糊

他曾经在我们中间
他应该是个好人
不知道活得好不好

在生前
他可能胆小
他或许晕血
他甚至恐高

现在他不怕人评说
活着的功过
只是踩死一只蚂蚁
他肯定也有过爱情

和亲人们一起
埋骨青山
他没有恨
眼睛闭上的时候
他宽恕了这个世界

飞云江

这些水滔滔而来
我以为它们是因我而来
我的笑声未落
它们已经离我远去

冰

已非一日
这寒

捧着怕融了
含着会燃烧
只有看着的距离
穿过春、夏、秋
一直到冬天

这是长白山上的雪
这是江南的春雨，曲径通幽处
来日方长，日久会生情
爱，是源泉，是瀑布
光影的见证，生命的水

风醒了，到凌晨四点
穿透岩石，穿过狭窄的缝隙
一片汪洋入海
喘息在柔软的波浪中
浪花飞溅，然后消失

像初潮，从澎湃到寂静
午夜辽阔苍茫
玫瑰色的唇消失在沙滩上
我们将自己献给火焰
犹如魔术师的隐身术
为大海注入丰饶的血液

春中茶园作

茶的生与死，只在一场春雪
满目春山尽白头，人走就凉
春寒胜于人祸，只有沸腾的水知晓
茶香来自苦寒，活着不易
被折戟，被杀青，被揉捻
被发酵、被烘烤，被赴汤，被蹈火
遍尝人间滋味，茶出身于农家
性苦寒，功效止渴、明目、益思
消炎解毒。死是一件自然的事
茶的一生，总是无法为自己除烦去腻
驱困轻身。在这春天里
雪地江山如画，只有这小小的草木
灵魂中长满不为人知的悲伤

吃茶去吧。群山之巅，人心为峰
草木之心，一岁一枯荣
蚯蚓在地底用柔软的身躯耕耘
而世界空旷，虫鸣闪烁其上

冬夜里的树

孤零零地矗立
没有人知道我的名字

春天真是奇迹
居然有神从我面前走过

落日埋在山坡，黑夜难熬
谢谢你来，看见我赤裸的身子

还有三天才立春，仁慈的主呀
让风挥手给我道晚安吧

我已经学会了向自己投降
并臣服于季节

鹰

草原现实主义的杰作
只有天空留着它奇异的影子

幸福

公园里，风很轻，冬日暖阳
老人半眯着眼睛斜躺在椅子上

不远处，一位大妈在小小的菜园地
弯腰给芹菜、蒜苗、豌豆松着土

对面十字街头，红衬衣的货车司机
吹着轻快的口哨，等待绿灯亮起

婴儿车静静地停放在小区楼下
一只宠物狗趴在小保姆的脚边

桂花树旁边，两位年轻人
窃窃私语，又不时地发出笑声

冬青和香樟长势都良好
山茶树结满花蕾，含苞欲放

厨房里妻子正做着晚餐
儿子一个人独自在书房写作业

天很蓝，云很白，雪落他乡
山道上游客众多，十二月过去了

全世界的领导人都在电视里祝词
今天是元旦，新年的第一天！

见诗如面

这舞台好大，我再回不去了
在一个并不赞许孤独的世界
我依然却只有孤单一人

意外闯入这传奇的剧场
一个人自编自演，我一会儿扮红脸
一会儿唱白脸。我演着我的独角戏
没有观众，没人编剧，没有导演
没有脚本，我南腔北调
我五音不全，我还没学会谢幕
戏里戏外，我都是三流角色

烽火戏诸侯，我无法对观众负责
不要给我掌声，我不需要怜悯
我其实一点儿也不喜欢孤独
逢场作戏，我人在曹营心在汉
我只替影子跑龙套，人生虽如戏
但我的骨头永远高贵，只要有酒今朝醉
我就陪着你演到曲终人散

戏法人人会，不要问我现在唱的是哪一出
我不敢肯定我不是最悲哀的戏子

实话告诉你吧，我就想东施效颦
自始至终，我没有一句台词
这我得感谢水，感谢土地
感谢牛羊，感谢粮食，感谢童年
感谢女人和森林，感谢空气
感谢灯光，感谢这空空的剧场

酒后

我再怎么努力，再怎么使劲
也无法打开北京的房门

今晚从外面喝酒回来已是午夜
借着昏暗的星光，我掏出一张卡，想打开房门
门，稳如泰山，坚如磐石，怎么也不能打开
我使劲推，用手拍，用脚踹，用肩顶
我的举动，惊动了保安。他查验了我的身份后
才发现，我闹了笑话，拿错了卡
我手中的是一张外省的、包山底的身份证

梨花词

梨，利，离，理，俪
谁都无法长生不老

活在山野之间，我也是人间惆怅客
生命卑微，为了爱的约定
依然年年赴约

“心已经入佛门，身又何必在佛门”
姹紫嫣红，众说纷纭
我独自在高原上笑
一个又一个短暂的春天

谁不想羽化升仙
但花开未必就能修成正果
酒醒了，你不在窗前
我命在我，也在天
下一场大雨吧，春已憔悴

牡丹

吾出生贫家，祖籍甘肃
长安之后，迁居洛阳
伊人雾里看花，我于水中望月
人间聚散，花期不一
离合终须怅然

花开与富贵同义，零落即涅槃
昨夜明月，有人落泪
世上草木，我的姐妹众多
百雨金、白茸、木芍药、鼠姑、鲁韭
伊洛传芳，红、白、黑、绿，姚黄魏紫
国色天香，我艳亦有格，不失风骨
人间有真情，天南地北，落叶归根
我性喜阳光，择善地而居，不畏严寒
我的丹皮能化瘀止血、可镇痛
能解痉活性，治愈人间郁结

不管群居皇宫内苑，千娇百媚，倾国倾城
还是独处深山僻壤，粗布围裙
我始终宁静尊严，寄情山水，恪守不渝
多情只为一人，从长江到黄河
上下五千年，翻越千山万水

即使漂洋过海，身在异域
我初心不忘，王者风范立于人世

我身即是庙宇，此外皆为浮云
花开花谢，只为人世的祥和与幸福
不畏权势，我浴火重生，来世还做牡丹
红若烟云，荣辱不惊，昂首怒放
自在红尘，逆来顺受，今生唯慕春风

虽丽质天生，我亦无意冠居群芳
一朝风月惊世俗，玉笑珠香，灵魂的清香
我向来随遇而安，不苟得，不慌张
大富之道，华贵之态，心若安稳
花中之王，万古长空，随处青山皆汉唐

儒林外史

从古至今
多少读书人
心里藏有一个词：
怀才不遇！

十九楼的那个人

又失眠了

他是一个孤独者
想在深夜
乘着人静
爬上天堂

他对人世还有太多的依恋
上帝叫他的灵魂
守护着肉体
不让他下去

他卡在了自己的身体
和命运之间
上下不得

蜀道难

蜀道难，难不过人心
做人，忠于自我，不跪着走
每个人都是自己的佛陀
童年缺糖果
少年青年一样贫贱
如今人到中年
我父母双亡，可以远游
但缺梦，我的爱还在远方
古道西风
溯古源
孔子之后，谁也不能重生
唐宗宋祖秦皇汉武
文昌祖庭，古柏常青
可惜我晚生千年
秦塞早通人烟，西成开动车
峨眉之巅通公路
体内汽笛长鸣
遗憾不能与你携酒风流
仗剑天涯

梓潼松柏苍翠
沿途鸟歌不歇，林隐古寺

绵巴万铁路如画卷
山清水秀、风雅清静
我自认比你幸福
如今天下太平
交通便捷，火车提速
千里眼、顺风耳
一日千里
微信可视频
我也自叹比你苦
南辕北辙，内心纷扰
在人间虚度四十多年
灵魂依然无法跨越肉体
我不敢跳下悬崖，只在隔岸观火
迷失在自己的三岔路口

水会流逝，以水洗水
西河、潼江、永平河、倒淌河
养草滩、小溪河
逆向也好，顺流也罢
分久必合，合久必分
天下事，陡涨陡落
有如蜀地雨季，谁知哪天晴
哪天雨，哪天风，哪天雾
命如三国纷争，我杯中养虎
梦里用酒给自己灌顶
蜀地乐，那是别人的生活

我不是后主阿斗
在夜的忘川中
我不会委身红尘
也不再轻信自己

七曲山，崎岖矣
天聋地哑，真君为文章司命
铁像不会开口，眼望远山
也无铭文，我胸无大志
但心知肚明，我从未逾矩
每一条河流都与众不同
中年之后更要减法
应该亲贤臣，远小人
存善念、戒贪、戒嗔、戒痴
出门先看天气，不虚妄承诺
文如舍利子，含一颗真心
内心政通人和，风清月明
道理浅，天知地知，你知他知
当局者迷，我最自己迷糊
高，高不成，低，低不下去
如履薄冰
认识自己难，难于上青天
噫吁嚱，危乎高哉！
诸葛孔明先生有言在先
诚宜开张圣听，恢弘志士之气
不宜引喻失义，以塞忠谏之路

不与影子争长论短
无论将来是王国侧还是慕白
人间美好多，大道多，歧路也多
虽然我没有司马昭之心
从来不求闻达于诸侯
但须警觉，要一日三省
大雅之堂高远，植于内心
在心里塑一尊佛，温暖着微小的事物
效仿司马长卿与卓文君
琴瑟和鸣，巢窝自筑
没有恨，只为爱妥协
守着满天星光，安于暮色

塘河赋

水吟诗，瞿溪、郭溪、雄溪
山押韵，吹台和集云、桐岭与岷岗
大罗山中有神仙，白鹿衔花
瓯居海中，有道是人在潘桥，桥下流水
摸着良心过河，江心屿可渡
诗之岛，浩气长存，武德文成

为塘河立传
北起鹿城小南门
南经梧埏、白象、帆游
河口塘、塘下、莘塍、九里
西至瑞安东门白岩桥，千年流水
这人间，多少悲欢离合
总叫人荡气回肠，英雄气短
江山美人，禁不住春风轻轻一吹
古国东瓯，两岸垂柳“A4”小蛮腰

水如棋，山似屏，世事无常
塘河不说话，水声潋潋
流去的已是永恒，犹人之青春
山辽水阔，黯然销魂处
波澜不惊。生活不许有更多喧哗

瓯江、飞云江，同源分流
跌宕起伏，塘河虽小，滚滚东流
弄潮儿，吃生蟹，敢为天下先
事其功，守其信，山川不阻远
正心、修身、治国、平天下
何物动人，晴耕雨读，闲敲棋子

题严子陵钓台

我日出而作，写诗
我日入而息，做梦
我凿井而饮，酿酒
我耕田而食，糊口
帝力于我何有哉！

我会作
也想装
以我小人之心
子陵先生呀
真不明白你的真实意图
是不愿做官
还是另有隐情

今日有人在山脚下
设一钓台，长江送流水
一张椅子一件蓑衣一个斗笠
还有一根长长的竹竿
貌似一幅富春山居钓鱼图

愿者上钩，路过的游人
摆着姿势拍照

我也凑一下热闹，这一切都是道具
目的是为让游客入戏

焚书坑儒
飞鸟尽，良弓藏
狡兔死，走狗烹
帝王之术
莫过于诛心
何处有汉家高士
此间无天子故人

我生也晚
子陵先生呀
今天我再次踏入富春江
和一群诗人来此采风
提笔写诗时
我还是不能免俗
心里有点小小的失望
恨不认识刘秀
同学中也没有高官

子陵兄呀
我是俗人
入戏太深
明知逝者如水
却一直苦心经营

以自己为饵
想在现实中钓虚名
钓风月
在虚幻中钓荣华
钓富贵
却始终钓不到自己的灵魂

望星空

夜宿怀柔，一个人在山中散步
身后群山沉默，星空虚无，头顶之上
一阵风吹向远方，北斗七星闪烁

黑夜形同废墟，远处亮着几粒灯火
天空飘渺，彗星不知坠落何方，突然之间
弯月割破云层，窜出一只松鼠

夜凉似铁，小溪无名，落叶、虫鸣
潺潺流水中，尘土携带着花香飘然逝去
在深夜里行走，流水看不见我

孑然一身，此刻与过去，还是一体吗
路在脚下蜿蜒，犹如空中琴弦
往来的路都很苍茫，像黑夜中航行
山在海中，峰峦汹涌，北斗星也是认不出

我是哪一粒尘埃，昨夜梦渔阳
俗世生活里，我们谁都留不住旧时光

我

住在南方
始终找不到北

前前后后
混了数十年
东也不是
西也不是

前半生苦，后半生愁
人生四十五
上不上，下不下
左右还得继续活下去
一个半老东西

我的大海是一座花园

我是天才画家
我用水粉加油画棒
画出五条热带鱼
三只水母（你叫海蜇也行）
两个海星，一个蚌，三丛珊瑚
海藻要九条，形影相吊，摇摇晃晃的
生活在海底，它们太孤单了
给他们绿色吧，海水要都是蓝的
鱼和水母最佳的方式是可以自由游动
想往左就往左，想往右就往右
珊瑚要建海底未来的宫殿
珊瑚有脚不能走，它们的肚子饿了
大家都要美美的，那好吧
就让它们穿上红和黄的衣服
大海没有时间，我的花园永远都是春天
如果你也想学我，我们一起去大海吧

我的履历

王倪论道，智达宇际
我姓王，名国侧
又叫慕白
活下去
没有人强迫我
都是自愿的

王诩，通天彻地
鬼谷神算
族谱记载我源出山西
始祖王子晋
王维、王之涣、王昌龄
河东王氏
与我同宗共祖

纵横捭阖
我的祖上一直在迁播
有几次回家
卧冰跃鲤；朝阙飞凫
路过魏晋
山东又河南
福建再浙江

永康南渡后
家传乌巷；古继青箱
黄河之水
落在冬天结成冰
太原在西，浙江在东
春秋是一场梦
剩下的就是战国

隋唐走的是路
看的是风景
每个人都是过客
昭君出塞了
王氏开闽，五代十国
河南固始王审知

阳明学术；逸少风流
重阳一出，释道儒合一
悲欢离合《西厢记》，从今往后
赣浙苏皖川、鲁豫晋冀陕
普天之下，莫非王土
海南、新疆处处都是家

三槐世泽，两晋家声
有人爱鹅，秋水落霞惊四座
永嘉鸥滨，学冠一时，四海师模

山在心里，水在眼中
乐在其中，列祖列宗
工农商学兵，东西南北中
普天之下，都是王家
维桑与梓，必恭敬之

我觉得，有一座房子是我的

风吹过我的村庄
一片树叶飘落水面
我觉得，有一座房子是我的
我将在它门口坐得很晚

风从南面吹起
风从北面吹起
风从西面吹起
风从东面吹起
风吹得很快
我觉得，有一座房子是我的
我将在它门口坐得很晚

很晚的时候，风从我的房子吹过
玫瑰色的黎明
风没有留下一丝尘香
我觉得，有一座房子是我的
我将在它门口坐得很晚

我来过草原

我的马，在海边
信马由缰，我有我的自由

空中做巢，我在门外，天风浩荡
我来过，又走了

自斟自饮，我始终喝不赢自己
我是一个失败的角色

风是无辜的，乌鸦像神父，故作姿态
它们像是不食人间烟火

灵魂沉默，天地空空
草留在梦里，那有什么用

我走了，你们都还在场
我是什么？谁能为我作证

风无语，风无根
追风者，请你告诉我

我是包山底的国王

每个人都是自己的国王
我的心有自由的权利，我富可敌国
我是包山底的王，唯一的合法的君主
包山底其实很小很小，小如一粒尘埃
包山底又很大很大，大过整个宇宙

包山底四周皆山，海拔 601 米
全村共 565 人，今年死去 3 人
叶春花，王孔知，王邦梅，出生 5 人
水田 208 亩，山地 5012 亩
村口种有水稻和红薯，屋后栽茶树
养有鸡和鸭分别 307 只、289 只
猪 102 头，水牛 7 头，山羊 153 只
猫 5 只，狗 10 条，狗认生
远远看见汽车就狂叫，但不咬人
山上树木和花草与清风明月相伴
溪涧水和白云为野猪野兔伴舞

包山底在文成的东面
包山底在温州的西部偏南
包山底在浙江省的南部
包山底在中国的东部偏南

文成到包山底 22.5 公里
温州到包山底 87.7 公里
杭州到包山底 399.7 公里
北京到包山底 1741 公里
长安到包山底 1648.8 公里

朝鲜在包山底北边，俄罗斯、蒙古
韩国也在北边，日本在东边
缅甸、印度、不丹、尼泊尔在西边
菲律宾、印尼、马来西亚
新加坡、文莱与包山底隔海相望

美国到包山底的距离更远
法国也远，意大利的布雷西亚也远
荷兰的罗尔蒙德离包山底也远
非洲的尼罗河离包山底很遥远很遥远
澳洲、大洋洲，都很遥远
南极洲离包山底最远

包山底距离我的心最近
不到亿分之一的毫米
包山底是世界的中心
我出生的地方
距离我 43 年的故乡
不管天方地圆，还是天圆地方
我的父亲母亲和祖辈都埋在这里

我是包山底的国王
我倾其所有，举一国之力
我也无法让我死去的亲人复活
就算穷尽天下，走遍万水千山
我一生再也回不到包山底
这方寸之地……

小雪节气，夜来风雨声

亲爱的，这里又下雨了
凌晨三点，这多么令人失望
雨还在房檐下坠，你可以想象
它和政治课教授的讲义一样
枯燥乏味无趣，并且冗长

人间奇异的剧院，客居人间
半夜醒来，我没有其他可以选择
不得不聆听雨声，无梦可做
等待天明，我花了很多时间学习
等待、妥协、退让、忍受和接纳

其实雨也是同样可怜的孩子
它本可待在家中拥裘围炉，不问世事
与雪花一同绽放，翩翩起舞
或和酒一起醉生梦死，了然无碍
却要在冬夜奔波，无家可归
不讨人喜欢，又不能成为瀑布
漫无目的，永远不自由，随风飘
而大海和传说一样遥遥无期

玉成于石

我和一群
来自世界各地的人
以诗歌的名义参观玉器市场

工作人员介绍说
这里的翡翠和玉器
货真价实，保证都是正品
商家承诺假一赔十

玉无价
我不懂玉
也不懂外语
和我写的诗一样
不成器

从西门到东门
首饰，把玩，摆件
我分不清
翡翠的价值
软玉和硬玉
在我眼里
它们都是一堆石头

爱之者
缘乎情
情要真
古今中外
诗与石都一样

袁枚别传

不当官，不佞仙佛，假戏不真做
不恋吏禄，不求长生，但求不老
筑随园，恋红尘，只愿岁月早蹉跎

访名山，兴观群怨，游大川，品佳茗
居有山，居有水，居有竹，居有美姬
居有诗，居有肉，居有酒，居有花
居有红颜，居有知己，居有性灵，居戒虚名

“放鹤去寻山鸟客，任人来看四时花”
好味、好色、好花、好竹、好金石、好字画
好山林之乐，不如好藏书
园倾且颓，“关心米价问江东”
交耕夫、识蚕妇、友工匠、问商贩、访书生
此间乐，“欲治好茶，先藏好水”，真戏不假做
农事百业，跻身市场，先生心有民生

远和近

三十年乡音，一万八千里之远
在青春的末尾，这是一件很大的事情
今夜青山是故旧，星星点灯，你到我的距离
像一首歌，你是光，漂洋过海，山重水复
你是火，落地生根，相爱的人有福了
远与近，银河虽宽终有度。我将守在这里
垒石为房，画地为牢

致大海

整夜失眠
大海的窗户打开
星星点点

浪花在窗外漂浮
这些无根的水
不管身在何处
灵魂都得不到安宁

海风虚无
水没有翅膀
但会飞到天上

鱼在水里
身怀恐惧

终南捷径

兰心蕙质，兰心也寂寞
这丛蓬勃的兰花
在寂静无声地开放

生与死的天堂，众妙之门
闪烁，幽深的芬芳
兰之蕊，等待一个人横空出世

兰开花才算花，不开是草
进来吧，把它打开，给我一个春天
这属于你的秘密通道

你不带我回家，就随我落草为寇

众生好度

早上散步
看到一个庵堂
边上还建有一个教堂
庵堂和教堂之间
是一片坟墓

我真不知道
这里是上帝的辖区
还是释迦摩尼的领地

我一个俗人
在天堂与地狱之间
我爱的是人间
我想找到自己灵魂
可不知该向哪边皈依

春天的赞美诗

今天我回到包山底
这里没几个闲人
全村都在地里干活
各家各户都忙
我摘下口罩
用力吸了口气
又张开嘴
把憋了很久的浊气吐出来
这一刻
我深深地感受到
乡村的空气
那自由的幸福
我真想告诉城里的友人
在我的包山底
四季无流毒，叫天子
蝴蝶、蜜蜂、蜻蜓
甚至蚂蚁、田鼠和锦鸡
松树、芦苇、毛竹
常年自由生长
马兰头、洋芋和荠菜
众生平等
野花长在地上，一道风景

每个生命都是唯一的
春风温柔，黑白分明
包山底人不唱颂词
也不吟哀歌
风声易辨是非
公鸡打鸣就会天亮
鸟鸣不撒谎
绿水环绕村郭
只有青苔覆盖石路
高山挡住夕阳

坐着绿皮的火车去远方

从昨日开始
我乘着这列车远行

一个村庄
又一个村庄
多少年过去了
我去过许多地方
很多人不见了
就像天上的白云
一去不返

我的对面驶来一列火车
速度很快
它和我背道而驰

我知道那是高铁
现在已经是高速时代
人们的心中都有一只奔跑的老虎
很少人会怀念
田野里的棉花
和屋顶上的落日

慢是快乐而善良的
我喜爱每一个有爱的村庄
我选择绿皮火车
它很慢
缓缓地穿过暮色
带着我去远方
夜很静，但我知道
会有一个清晨跟在它后面
就如我相信我的爱人
会在数千公里外
等我二十五年甚至一辈子
等着牵我的手
我们一起慢慢地走回家

第四辑

你是庙

197

250

告子书

儿子，过了今天，你年满十八岁
不管我是否愿意，你都成人了
在这神圣的日子，我怀着忐忑的心情
给你写下这首诗，从今往后
你是去天涯，还是到海角
是高居庙堂，还是隐于田野
前面的路就要靠你自己走了
我和你妈妈永远会像现在一样
目送你出门，欢迎你回家

新的开端，你中小学里的获得
只是漫长旅途的学步
人生是一个丰富的舞台
有鲜花与美酒，也有泥淖和江湖
你将面临两个大学的双重学业
特别是社会，你刚刚开启序幕
我不知道你的剧情会有什么
每个人都希望自己有灿烂的前程
美好的未来，大丈夫能屈能伸
你要学会披荆斩棘，乘风破浪

儿子，红尘十丈，可讨一瓢宁静
世上的路很多，天地无比辽阔
但正道只有一条，你将面临诸多
抉择与难舍，人生多歧路
有沧桑，这是宿命，正确是一生
错误也是一生，成功是一生
失败也是一生，轰轰烈烈是一生
平平淡淡也是一生，卑微是一生
高尚也是一生，我没有办法帮你
为你指路，你是你自己选择的
我的参考意见是：当意气风发时
请给自己和别人都葆有一缕阳光
空山可牧马，破屋可读诗
随缘变，不变随缘，前途迷茫时
记得常饮美酒，偶尔花痴
人心似海，你可以选择配合
但不迎合，无法抗争时
建议你的心站在弱者一边
站在正义、理性、人民这一边

“相知无远近，万里尚为邻”
你血气方刚，恰同学少年
应虚怀若谷，三人行，必有我师
人生贵在有相知，多亲近布衣
世上知己难逢，远离纨绔

钱财虽是浮云，千金散尽还复来
不可视若粪土，当思来之不易
务须取之有道，取之在勤，量入而出
玫瑰有花也有刺，春风十里
爱是天堂的唯一途径，爱人如己
爱要深爱，哪怕要为此下地狱
恶与善就在一念之间，三思后行
人之性，有善，有恶，有弱点
人心隔肚皮，你要将心比心
牢记他人恩惠，常思己之过失

心怀敬畏，仰俯无愧
术业有专攻，人要感恩
树有根，水有源，血脉相连
你只需修身、齐家，生养儿女
治国，平天下就任由他人
凡事得亲力亲为，桃源就在
学海无涯中，开卷有益处
有余力多学文，勤可补先天不足
读圣贤的书，走自己的路
哪怕你身无分文，胸中山河锦绣
同样富可敌国，琴可怡情
运动能健身，此两种终身陪伴

儿子，你出生王家，但非贵族
我们没有寸土，命属布衣

俭以养德，粗茶淡饭，怎么舒服怎么过
积德为厚，不问东西，怎么开心怎么活
不求闻达，心中泰然，不做别人眼中的自己
你喜欢杭州，山水没有特权
西湖免费开放，适宜人居
在机器时代，杭州以人为本
汽车礼让斑马线，天堂就在人间
风光与众不同，你可以载酒
可以发呆，山月寻桂子，江枫渔火
匹夫不可与夺，条条大路通罗马
容万物，知进退，做人似山，屹立人间
做事如水，匍匐前进，百折不挠
安身立命，抬起头就是南山
弯下腰，也绝不是侏儒

各遂所愿，一只白鹭江边散步

你和我一样，是其中一只鸟儿
在飞云江边，一个自由的人，如果我生而有翼
会在风雨中抗议，而不是绅士般
穿戴整齐，步履缓慢地过优雅的日子
我们都是候鸟，不知道接下来该怎么走
死亡对你我都很公平，人生四十
自当特立独行，远方有瀑布，火山和爱
善与美，让我飞，我愿孤独一生
即使水面留不住翱翔的影子
我也绝不形如虫蚁，一生匍匐前行
我不要千遍一律，不，我能走
决不！纵然我是一个懦夫！

想一个人

雨
在窗外
整整
下了
一夜

感谢雨
有它
陪着
这夜
短了
许多

动与静

你是一匹野马
我的疆土
在你的身下
一寸一寸地沦陷
在你面前
我无法抵抗
那拱起的山脉
都臣服了
流动的河流
是我献上了全部
那阵风
瞬间
把世界
把你和我
变成了一幅静物画

玛莉亚台风

——给我的爱人

戊戌年五月二十八日风雨大作

风，始于飘萍之末
发自内心的炙热
在虚无中逆时空旋转
跌宕起伏，形成飓风，台风
超强风暴，路径有如人生，曲折坎坷
见风就是雨，在海上漂泊
无依无靠，前途渺茫
登陆后，风的心，无处安放
终日奔波，只求有一个歇脚之地
命运本来多舛境，12 级，15 级
17 级，又有什么关系呢
我也活了四十五年的风风雨雨
见多了天漏人苦，悲欢离合
哦，玛莉亚，你的名字多么美好
你是一个美丽动人的姑娘
就让我们一起风雨兼程，共赴生死
天南地北，让风和雨一起来吧
烛光已经点燃，爱之火
是生命中最重要的稻草
足够维系我们一生的幸福

再高的山也无法阻挡爱人的脚步
台风过后
明天依然风清云白
多大的风暴也无法吹走一个人
内心的力量

99 行

一

爱
深了
会寂寞
不仅朝朝
还暮暮

二

一颗沙，在情人的眼里，也是有机宝石

三

生活始于今天，因为你的到来
我拥有了群山、峡谷、沙漠、草原、大海
良田万顷，还有狼烟和夜光杯

四

地球那么大，我也不会迷路
你，就是世界的中心

五

世界末日的那一天
我要种一棵树

六

七夕，八夕，九夕
只要你在，无论今夕，还是何夕

七

对众生慈悲不舍
我是冰山上的骑手

八

我不知道有什么理由
可以不去想你

九

如果死了
就不用说了
让那三个字带到地下
成为

我今生唯一没有告诉你的
秘密

十

真，都没有那么复杂
是真心
换一个位置
还是真的

十一

一种神秘的力量
万物静止，我只向你妥协

十二

有你在心里
我不怕天黑了

十三

三月，四月，五月
六月，七月，八月，九月
十月，十一月

十四

心怀远方，没有冬天

十五

最浪漫的事
就是我烧菜忘了盐
你吃着说甜
盐或咸了
你也不说苦

十六

你的眼睛与众不同
只长着春天

十七

没有什么可以阻止，经常无缘无故地笑

十八

无缘无故地流泪，想忘记你姓甚名谁

十九

我们（我和你）在一起

石头也是甜蜜的

二十

四目相对，每一天都是节日

二十一

没有诺言，己亥年了
我在这里
真好，我心自由
原来你也在

二十二

终于
每一次都是第一次
始于
每一天也是最后一天

二十三

只 99
不写 100
最后那一行
好与不好，是梦境，还是叹息
不是留待来生来世
而是由你评定

二十四

一个问题，我也有我的小妒意
有我的小心眼

二十五

我一生爱过两个女人
一个是妈妈，另一个是你

二十六

织女庙尚存
人间真情
古已有之

二十七

黄姑塘村
胜昔村，黎明村
三生三世，加上我们的
就是四世了，村名可以改
你不能换

二十八

只要鹊桥还在
爱人的心里眼里

都不会出皇帝

二十九

早安
晚安
每一天都非常短
又很长

三十

好好保管落日
叶子开始落下了

三十一

起初和最终，是私语也是献辞

三十二

向北飞去，你是我回家的路，你是我的墓地

三十三

天上有牛郎织女
水中有鸳鸯
世上你和我

三十四

身体里还乡
人间仙境
还是你和我

三十五

等水也长皱纹了，百年之后
我坚信，有人会称颂我们

三十六

今晚再一次，一日就是一年

三十七

爱情是琴是棋是书是画是诗是酒是花
情爱是柴是米是油是盐是酱是醋是茶

三十八

是给予，也是索取
从爱情里提取糖，俗就俗吧。

题一帧照片

我不是西西弗斯
那天邀请天岚和立杰
在飞云江边散步
只是休闲，消磨时间

立杰和天岚来自石家庄

天岚在江边捡了三块形状各异
颜色不同的石头
石头有点大，有点重
我的肩膀只能扛着其中之一
立杰安静地站在江边
把不同颜色的石头
放在一块更大的石头上
她拍下照片留念
也拍下了我扛着石头的模样

让石头回到地上
我知道，天不会降大任于我
尽管我也照样苦心智，劳筋骨
但我永远只是一个俗人
我无力扛着命运，扛着痛和悲伤
我把那块石头快递给天岚
把沉重寄给了远方

晚餐

你的名字
叫梦

滑如丝儿
嗯
一下子把我的所有感觉
染上蜜汁
从舌尖开始
甜到忧伤

梦是哈根达斯冰淇淋蛋糕
最容易醒
在你的祝福里
我要
用尽一辈子的力量
才能
把你的温柔舔净
不留苦的痕迹

我的影子

我有一个影子
他出生开始
我们就形影不离
十八年了
他一点点地长大
他走到哪
我的心就跟到哪
他一直在身边
进进出出
他睡觉我睡觉
他吃饭我吃饭
我们也生气
还争吵
突然有一天
我发现身边少了他
真很不习惯
我问妻子
才知道
原来影子去了远方
他在念大学

我为你写诗

七月流火，立秋过去半个月了
白天还很热，九点钟过后就感觉凉飕飕的
我以为是早晚温差大，可天气预报显示
文成温度 31℃。又没有起风，我百思不得其解
想打电话问问你这是怎么了，拿出手机才想起
你昨晚已飞到了意大利，飞到了阿尔卑斯山南麓

我想要……

春天里，樱花盛开的时候
我们去飞云江边喝酒，你给我唱歌
或弹琴，看江水荡漾
慢慢变绿变蓝，风是知音
群山寂静，如果刚好下起雨
你就在雨中为我舞一曲春光
赤足，白衣胜雪，不打伞
落花粘上你的裙角，翩翩跹跹
不要在意流水中的桃花
和对面山上的杜鹃，任凭她们
羡慕、嫉妒你，并恨我

数星星

星星在群山之上
我仰望着天空，数星星

数着数着，我突然发现
今夜，西偏北的那颗星星最亮

数着数着，天却意外地下起了雨
星星们都躲进了银河

晶莹的雨呀，在我眼里蓄满泪水
仿佛是牛郎和织女在哭泣

我爱这奇妙的夏夜
北方的情人能在海边见面

西出阳关无故人

其实，出阳关
和不出阳关都一样

我有许多熟人和朋友
天下谁人不识君，只要有心
信息时代，可以发微博
写信，微信，短信，打电话
发邮件，QQ，告知一下
我来了

现代人没有隐身术，大数据
行踪，想让人知道很容易
但我不，我喜欢等，就等你
像古人一样在这里等，一等就是一生

一个人，离别总是如此，等待也是
等待是一种妙不可言的未来

夏日观荷

你包含一切，你的舒展
是夏天的嫩蕊，一个人的仙境

你亭亭玉立，身体里的蜜，含苞欲放
你洁白，粉红，素雅，天人合一
我如果不是蜻蜓，不是蜜蜂
我的前世一定是一片淤泥

你做我的莲，今生开在我的梦里
你是我的藕，来世种在我的心上

岁末书

我奔波了 365 天
还是留不住
2018

这一年
我去过一些地方
河北
河南
山西
陕西
大多数时候
是在浙江
辽宁
内蒙古
湖南
广东
可以忽略
但北京
一直在心里

生命的海
辽阔的草原

如果记忆的内存只够一天
我会删除其他
只留有你的 24 小时

夏日山中

夏日盛大
百丈飞瀑日夜长流
我有多少滚烫的事想告诉你
草木葳蕤的文成
你不来它多么寂寞
这里的山水没有你
蝉声疏落，唯有我像知了独唱
山风吹过树林，消失在岩石上
所有的风景都只是摆设
这时候，我多想看到有一条长蛇
或者一只小老鼠
注意啊，这些都是弱小
又讨人嫌的

致

其一

我爱你
在这个世界上

你只需
——与一人为敌

其二

因为
我爱你

你将被整个世界
——视为仇敌

又一年

昨天，你已经离开
星辰大海，一望无际

朝花也好，夕照也好
白云传信，每天都一样

苦而不言，喜而不语
阆苑书附鹤，诗人多薄命

山泉流水，无问东西
如是如来，跟着心走

明月似弯刀，如同困兽
我在镜中，蹉蹉跎跎又一年

你是庙

风是一个苦行僧
绿叶也是
蚂蚁和蜗牛也是
流水也是
灯光也是
石头里的火
我心里的念想
也都是

晚安
你的名字
是庙

除夕

送走的人
一个也没有回来

过年了
我看了看窗外

天渐渐，暗了
下来

你的名字比影子更为寂静

你是谁，你又会在什么时候回来
比起我的贫乏
这些都显得微不足道
清晨的雾像天空的一道伤口
你的名字比影子更为寂静
你是通向欢乐的短暂时光
你温顺低斜的样子
不知道是一株红豆杉还是一棵青冈栎
与山上背阴处的残雪一样
微蓝的光焰
让人时时想起上一个秋天
或者我们正在行走的春天
在春天，你是必不可少的
唯一的，我无法破译的谶语
迷雾继续把目光移向遥远
田野失去了记忆
天空还在身边
梦魇似的岩石
伸出双手，握住的只有昨天的温度

人间再苦，您在就是天堂！（组诗）

母亲节

今天照例很多人在朋友圈
在微博，在 QQ，在脸书，在推特
晒自己的母亲，晒各种各样的母亲

母亲都无私，母爱永远胜过一切
但我不敢晒，我的母亲前年去世了
死生永别，母亲节，我不知道该晒什么

2017.5.14

种洋芋

在包山底
我们管土豆
叫洋芋

妈妈走了已一年
大年三十
回家过年

我看见
墙角旮旯里
有几个洋芋
在发芽

弟媳提议
把洋芋种在后山
清明节回家就能吃
儿子和侄儿
负责锄地
侄女找来一点农家肥
我把洋芋放进
泥里

新挖开的土坑
像暗红的伤口
我看见弟弟
眼里蓄满了泪
怕疼似的
轻轻地给洋芋
盖上细土

2018.2.15

近乡情更怯

大年三十
离包山底越近
离父母的新坟也越近

我开始原谅自己
开车慢

不敢问来人
回家的路还有多长

2018.2.15

静夜思

除夕
年夜饭
爸爸和妈妈站在墙上
面带微笑
看着我
把满满一大杯酒
倒进肚里
今年
居然没拦着我

不生气
也没吭一声

2018.2.21

故乡的风

我们包山底
逢年过节
都讲究祭祖

清明上坟扫墓
中元烧冥币

其他如元宵，端午
中秋，冬至
也都要给祖先
做汤圆裹粽子
买月饼包饺子
做五碗荤素好菜
再上香敬酒
磕头跪拜

今年除夕
我们兄弟五人
也按习俗

学父母生前一样
给祖先上香烧冥币
不想
一阵风
吹来
火灭了
烟熏得我和哥哥弟弟
眼睛都发涩

2018.2.16

过年

今年除夕
哥哥嫂嫂
弟弟弟媳
侄儿侄女侄孙
全家
都回来了
只有爸妈
在天上
没有回老家
包山底

2018.2.15

妈妈

妈妈今年快 72 岁了
妈妈生病了
妈妈肚子疼
妈妈住院了
妈妈整夜不睡觉
妈妈气喘不过来
妈妈坐着
妈妈躺着
妈妈坐一会儿躺一会儿
妈妈走不动路
妈妈上不了厕所
妈妈咳嗽
妈妈没有胃口
妈妈不吃饭
妈妈穿不上衣服
妈妈被生活掏空了
妈妈是一座废弃了的矿山
妈妈，我不哭
妈妈乖，妈妈不怕
妈妈，您也不哭
妈妈，我长大了

妈妈，天快亮了
妈妈，医生就来打针了……

2016.9.13

飞云渡

一轮巨大的夕阳，像丧钟
悬挂在天边，飞云江，水声激激
水流辗转反侧，在飞云，我的父亲死了
我的母亲住在医院，飞云渡呀飞云渡
牛羊，炊烟，村庄，岁月和爱
多少美好的事物无法摆渡
一首宿命的哀歌，飞云渡，飞云渡

2016.9.14

如果

妈妈，如果，还您健康
如果，您不痛，不苦
我甘愿少活 10 年，或者更多

2016.9.18

丙申年九月二十七日十九时七分

时间停止了
世界无声，山川失色
我变得一无所有

只剩下了黑暗与不安
妈妈，在您闭上眼睛的这一瞬
这一秒起，我永远成孤儿

2016.9.27

故乡

这个地方叫包山底
它生育了我
也埋葬着我最亲的人

这个地方以前种稻谷
长着竹笋和野菊花
村口有七棵古树，有土地庙
村里养着牛羊，飘着炊烟和牛粪味

这个地方的鸡和狗都不怕我

这个地方会刮风，会下雨，会出太阳
这个地方，山很大，楼房很矮
晚上看得见星星和月亮

这个地方六年前死过我的父亲
我的母亲昨天也死在这个地方
现在，请不要怀疑我是一个孤儿
死过亲人的地方，就回不去了
包山底不再是我的家
从此，我把它改名叫做故乡

2016.9.28

为母亲守灵

台风肆虐
山洪暴发

妈妈，您累了
您睡着了，睡在风雨中
哥哥和弟弟真不懂事
一直在流泪
我怕把您吵醒
让他们不哭
可怎么也劝不了他们

妈妈，我都哭了
他们还不停在流泪
妈妈，您醒醒吧
妈妈
哥哥和弟弟真不懂事呀

妈妈，您醒醒吧
妈妈，天在下雨
妈妈，天，不听话
妈妈，天也哭了
妈妈，地，也不听话
山洪都在暴发了

2016.9.29

光鑫回家了

妈妈，小弟赶回来了
他自幼被人抱养
今天，您最小的儿子披麻戴孝
跪在您的灵柩前痛哭失声

哪个儿子不粘妈呀
妈妈，您睁眼看看呀
这可是您盼望了 38 年

我们 5 兄弟才团聚一起
血脉相连，可是妈妈
您怎舍得我们兄弟在您面前
抱头痛哭

2016.10.2

讣告

因台风阻断了人间和天堂的道路
妈妈，今天风水师重新为您择定吉辰
我虽从不相信鬼神之说
但我字斟句酌写成讣告：
慈母陈爱梅，因病医治无效，
于 2016 年 9 月 27 日（农历 8 月 27 日）19 时仙逝，
享年 72 岁。
兹择定于 2016 月 10 月 5 日（农历 9 月 5 日）上午
10 时，
在文成殡仪馆遗体告别，下午 3 时出殡。
望慈母生前亲友莅临送行，存殁均感!
遵先母遗嘱，丧事从简，免一切奠仪，谨此泣告。

2016.10.3

扶榇归

妈妈，今天扶榇归故里
您的儿孙，亲朋好友，邻居乡亲
我们送您回包山底，墓地是您生前选好的
和父亲一起，生则同衾，死则同穴
您安息吧，而我们要走的路还很长……

2016.10.5

悼母文

母亲生于一九四五年四月廿五日戌时
逝于二〇一六年九月廿七日戌时
戌，灭也。九月，万物毕成，阳下入地
天地昏黄，母亲享年七十晋二

先母姓陈，讳爱梅，文成公阳桂山坑人氏
18 岁嫁入包山底王家，一生吃苦耐劳
夫家贫困，全靠母亲勤俭持家，起早贪黑
一丝一缕，一粥一饭，物力维艰
母亲上山砍柴，下田插秧，风雨无阻
种菜，采茶，养猪，家里家外，不避艰辛
母亲从未求人，也不抱怨，终身独立
生四子，育一螟蛉，五子皆成人

母亲为人慈善，睦于乡里，人都称贤
首孝悌，四邻交赞，未闻恶声

母亲识字不多，身传言教
从小教我们兄弟懂得感恩，懂得敬畏
敬惜字纸，不依、不靠、不偷、不盗
不欺人，不欺心，不欺鬼神，不欺弱小
敬天，敬地，敬人，敬生，敬死，敬日月
敬星辰，敬粮食，敬山川，敬河流
敬列祖列宗，敬猪狗牛羊，敬一草一木

母亲信佛，烧香礼拜，不杀生
视众生皆菩提心，具一切功德
惜乎，佛不佑人，罹患绝症，有药无医
回天乏术，呜呼哀哉，母亲叶落故乡
根归包山底，魂去西天
是时，苍天含恨，超强台风
暴雨倾盆，山洪暴发，山崩地裂
道路坍塌，雷声阵阵，百年不遇
亲友吊唁，天地同悲，一天降雨 813.2 毫米

思母之音容笑貌，犹在眼前
孺慕之情，欲哭无泪，肝肠寸断
我愧对神明，生不能为您赡养
呜呼！不孝不慈，如今阴阳阻隔
一纸空文，遥寄远方，天若有知

黄泉有觉，尘归尘，土归土
愿母亲安息，来世再见！
母亲，您虽死犹生，尚飨！

2016.10.5

妈妈，我真的没有哭

妈妈，一个月又一天了
您走后，我不敢哭，我怕您不高兴
我已经长大成人，妈妈，我真的没有哭
妈妈，镜框里的您音容依然
可我看着总是模糊，我用手擦
用纸擦，用布擦，用毛巾擦，用衣服擦
早上又用干净的水擦，擦拭很多遍
还是模糊，怎么也看不清，妈妈
妈妈，一层玻璃，虽然隔着两个世界
但是我知道您在看着我，您不放心
妈妈，我很乖，真的没有哭
只是眼泪不听话，我控制不了
妈妈，我已经长大了
妈妈，我真的没有哭

2016.10.28

我们从此不再见

“我们再也回不去了”
“人生最痛苦的是，梦醒了无路可走”
人世凄凉，知道了又能怎么样呢
水在地上流，水泄露了人间的秘密
流水不腐，流走了就干净了
流吧，流吧，我说，把一切都流走
云在天上飞，云是水的姻亲，云离神最近
飞吧，飞吧，我说，把灵魂留在天堂
雨是天空的泪，雨有普世价值观
众生焦渴，下吧，下吧，下一场大雨吧
冲走世上的浑浊，我说，下吧，下吧
走遍万水千山，谁能永生，山孤独，水也孤独
我的灵魂孤独，我的肉体孤独
我说，走吧，走吧，我们多孤独
走吧，走吧，我们孤独了，我们孤独了

人间有苦，我们看到了太多
我们从哪里来，又将到哪里去，眼泪止不住流
哭吧，哭吧，把心哭出来，就不痛了
神在天上，天使在飞翔，我们从此不再见
道成肉身，美人迟暮，英雄末路
搬石头砸自己，头上有星空，脚下有大地
风吹草动，我们都会老去，言不尽意
风是鸟的幌子，不要相信风，风会骗人，风是骗子

风中有丘壑，猫孤独，蝴蝶也孤独
石头也孤独，我的灵魂孤独，我的肉体孤独
我说，走吧，走吧，我们孤独已久！

我们无法拒绝什么，空虚和平庸
梦快醒来了，我们都会老去
我们是可怜的，天快亮了，出太阳吧，出太阳吧
有太阳就有光，让死亡享有尊严和爱
我们已经有孩子了，出太阳吧，快出太阳吧
我的灵魂孤独，我的肉体孤独

2016.11.5

我生在包山底的母亲

年过不惑，我才知道明天是母亲节

我的母亲很平凡
尽管我读了许多的小说
但书中没有一个人像她

她是一个农家的妇女
十八岁出嫁，六十六岁丧夫
今年大概六十九岁
我记不得她哪天生日

我从记事起，只看到她白天在地里忙活
夜里在灯下缝缝补补，因为穷
她没给我包过一次饺子
她也没给我煎过一个饼
甚至，她没给我买过一件新衣服和一个红苹果
她顿顿给我吃的不是土豆就是红薯干
但也从没见她对谁抱怨过生活的苦

她识字不多，只读过六十天多书，半文盲
她也不懂教育，只记得小时候
她说，乌金比黄金贵
写过字的纸绝对不能擦屁股

印象最深的事，有一次放学回家
她还在山上锄草，锅里没饭
我饿急了，偷摘了邻居家的一根黄瓜
被她毒打了一顿
她挥着镰刀追赶我，恨不得割掉我的手指
害得我一辈子再不敢偷鸡摸狗

前年的冬天，我十岁的侄女
拿着我刚出版的书对她说
奶奶，三伯伯现在是个诗人了
还出版了新诗集
她翻开一页，看到纸面许多的空白
摇摇头，叹着气对我侄女说

老三这孩子一辈子没出息
不懂得俭省，这多浪费纸
乖孙女，这书你拿去做算术
还能排草稿用

我们四兄弟都买了新房
但她坚持一个人住包山底老家
今年春上，我想起父亲已经去世
偶尔周末带老婆孩子回家看看
陪她吃顿饭，每次临别时，她总说
你们工作忙，我身体还硬朗
有事会给你们电话，不用专门来看

有一回，邻居大婶悄悄告诉我
孩子，你母亲她没说实话，她有高血压
天天念叨着你们，只是怕让你们担心
也心疼你们来会耽误她上山采茶的
那半晌工夫

2014.5.11

清明节

欲归家无人
包山底已不是家

家跟你走了

欲渡河无船
墓碑之下，阴阳相间
路也云遮雾隔

悲歌如可以当泣
老娘啊，我真想痛哭一场
可眼里却再无一滴泪水

2017.4.5

这路没法走了

清明节前一天
我，哥哥，弟弟
相约一起回家给爸妈扫墓

包山底在修公路
路面施工，到处坑坑洼洼
时不时地堵车

12 公里，居然开了
两个半小时

在我前面的弟弟打来电话
说，去年妈妈死后
这回家的路
就变得没法走了

2017.4.5

图书在版编目（CIP）数据

开门见山／慕白著．-- 天津：百花文艺出版社，2021.3
（中国好诗．第六季）
ISBN 978-7-5306-8010-0

Ⅰ．①开… Ⅱ．①慕… Ⅲ．①诗集－中国－当代 Ⅳ．①I227

中国版本图书馆 CIP 数据核字(2020)第 273158 号

开门见山
KAIMENJIANSHAN
慕　白　著

出 版 人：薛印胜
特约策划：彭明榜
选题策划：刘　勇　责任编辑：赵世鑫
装帧设计：孙　初　申　祺
出版发行：百花文艺出版社
地址：天津市和平区西康路 35 号　邮编：300051
电话传真：+86-22-23332651（发行部）
+86-22-23332656（总编室）
+86-22-23332478（邮购部）
网址：http://www.baihuawenyi.com
印刷：北京精彩世纪印刷科技有限公司
开本：889×1194 毫米　1/32
字数：140 千字
印张：8.5
版次：2021 年 3 月第 1 版
印次：2021 年 3 月第 1 次印刷
定价：55.00 元

如有印装质量问题，请与北京精彩世纪印刷科技有限公司联系调换
地址：北京市海淀区学院路 5 号 768 创意园 D 座 06 号
电话：(010)82423131　邮编：100082